일상 예찬

지은이 정희승

『한국수필』로 문단에 나와 수필집 『별자리못 전설』, 『꿈꾸는 사물들』을 출간하였으며, 한국산문문학상, 원종린문학상, 한국수필 제1회 올해의 작가상, 한국동서문학 2018 작품상, 제1회 김만중문학상(소설)을 수상하였다. 현재 북촌시사 동인으로 활동하고 있다.

일상 예찬

2019년 12월 15일 초판 1쇄 인쇄
2019년 12월 20일 초판 1쇄 발행

지은이 정희승
펴낸이 권오상
펴낸곳 연암서가

등록 2007년 10월 8일(제396-2007-00107호)
주소 경기도 고양시 일산서구 호수로 896, 402-1101
전화 031-907-3010
팩스 031-912-3012
이메일 yeonamseoga@naver.com
ISBN 979-11-6087-055-8 03810

값 13,000원

일상 예찬

정희승 수필집

연암서가

삶이란 꿈이 아니거든.
시간과 빛 사이의 그림자일 뿐이지.
_테오도르 칼리파티데스

일상은 많은 부분 습관의 지배를 받는다. 나이가 들어
갈수록 의식과 행동을 자동화하는 고착화된 습성으로
인해, 구태와 타성, 상투성에 젖어 살기 쉽다. 그렇다고
그게 꼭 나쁘기만 한 것은 아니다. 매순간 사물을 다르게
지각한다면 엄청난 에너지가 소모될 것이다. 어떤 이는
이런 일상의 자동성을 지복으로 여기기도 한다. 문제는,
일상을 지배하는 이런 편만한 힘이, 우리의 감각과 생각
을 둔하게 만들어, 삶에서 설렘과 약동, 세계에 대한 경
이와 신비를 앗아가버린다는 데 있다.

세계는 영원히 새롭다. 결코 광채를 잃는 법이 없다.
세계가 존재한다는 사실 자체가 이미 놀라운 기적이다.
진실로 그렇다. 단지 그걸 받아들이는 우리의 지각과 의

식, 언어가 빛을 잃어갈 뿐이다.

무엇보다 생생하게 사는 게 중요하다고 생각한다. 문학에서 강조되는 '낯설게 하기'도 생생하게 사는 과정에서 나온다. 이미 굳어진 감각과 의식의 틀 안에서 기계적으로 산다면, 그것은 살아도 사는 게 아닐 것이다. 자신만의 삶이 아니라 누구나의 삶이 되고 말 것이기에. 나는 그렇게 생각한다.

여기에 실린 글은 생생하게 살고자 노력하는 가운데 얻어졌다. 극적인 순간을 포착한 글이 많은 것도 이 때문이다. 미국의 시인 마야 안젤루Maya Angelou는 "인생은 우리가 숨을 쉰 횟수가 아니라 숨 막힐 정도로 벅찬 순간을 얼마나 많이 가졌는가로 평가된다."고 하였다. 일상에서 드물게 찾아오는 이런 불멸의 순간을 놓치지 않으려고 노력하였다. 감각을 열어 놓고 사는 사람이라면 잘 알리라. 순간은 덧없이 사라지는 찰나에 불과한 게 아니라 영원을 여는 문이라는 걸.

　오랜만에 책을 묶는다. 소중한 분들의 애정 어린 격려와 도움이 없었다면 이 책은 나오지 못했을 것이다. 진심으로 감사드린다.

2019년 12월
정희승

차례 글머리에 …5

지금 날씨가 어떤지 나는 이제 모르겠다.
하지만 내 삶에서 날씨는 언제나 부드러웠다.
마치 땅이 춘분점에서 잠든 것처럼.

_사뮈엘 베케트

봄

봄꿈

가까운 곳에 볼일이 있으면 으레 자전거를 타고 간다. 차로 가면 오히려 번거로운 게 많아서다. 오늘도 자전거를 타고 집에서 2km쯤 떨어진 수산물 센터에서 도미 두 마리와 회 한 접시를 사왔다.

자전거를 타다보면 이상하게도 속도를 중시하는 현대 문명에 대한 열광이 가라앉는다. 자전거는 빠르지도 그렇다고 느리지도 않다. 게다가 조용하고 겸손하다. 그러므로 빨리 가고자 서두르거나 조급하게 굴 필요가 없다. 꾸준함과 성실함만 있으면 된다. 회와 도미를 짐받이에 싣고 오면서, 거리 풍경에 너무 앞서가지 않도록 되도록 천천히 바퀴살을 돌렸다.

아파트 단지에 들어서자 벚꽃이 난분분 휘날렸다. 중앙대로를 따라 아름드리 벚나무가 줄느런하게 서 있는데, 부녀회에서 주관하는 벚꽃축제가 끝나면 으레 이렇게 대책없이 꽃이 진다. 차 위에도 아스팔트 위에도 온통 꽃잎 천지였다. 내가 탄 자전거가 꿈을 꾸고 있다는 걸 지나는 사람들이 알 수 있도록, 가능한 천천히 페달을 밟았다.

바람이 불 때마다 벚나무 한쪽이 눈사태가 난 것처럼 속절없이 무너져 내렸다. 그 여파가 그 옆을 지나는 애먼 나에게까지 미쳤다. 자욱하게 휘날리는 분분한 꽃잎들이 나를 향해 엄습해왔다. 나는 꽃 사태를 뚫고 앞으로 천천히 나아갔다. 포도 위에 떨어진 꽃잎들도 바람에 어지럽게 이리저리 쓸려 다녔다. 전진이 결코 쉽지 않았다.

내가 사는 동 앞에 이르자 긴 대빗자루로 꽃잎을 쓰는 수위아저씨가 눈에 띄었다. 모자에도 푸른 유니폼에도 연분홍 꽃잎이 곳곳에 들러붙어 있었다. 자신이 삶의 진정한 주인이라고 생각하는 자는 결코 이런 장면을 무심히 지나치지 않는 법이다. 자전거를 벚나무 아래 세워 두고 아저씨에게 다가갔다.

"꽃잎이 많이도 떨어지네요. 그냥 두지 왜 쓸어요?"

아저씨와는 평소 허물없이 지내는 편이다. 겉보기와 달리 아저씨는 놀이마당 상쇠로, 시내 축제 때면 한가락 하는 이다. 삶의 박자를 아는 분이라고나 할까? 나이 차가 많이 나는데도 나와는 죽이 잘 맞는다.

"아무리 좋은 거라도 지나치면 부족한 것만 못해요. 이 대로 두면 주민들 원성을 사거든요."

"세상에, 꽃잎이 많이 떨어졌다고 불평하는 사람도 있나요?"

"그렇다마다요. 세상엔 별의별 사람이 다 있으니까요. 꽃이 지면 이상하게 마음이 조급해져요. 나도 모르게 자꾸 쓸게 되거든요."

아저씨는 이미 쓸어놓은 곳에 꽃잎이 다시 떨어져도 개의치 않았다. 그저 묵묵히 쓸어나갈 뿐이었다.

"양도 만만치 않겠어요?"

"그럼요. 이 아파트에서 거둔 걸 다 합하면 한 해 몇 섬은 될걸요."

"몇 섬이나 된다고요?"

아저씨의 재미있는 표현에 절로 웃음이 나왔다. 꽃잎도 때가 되면 거둔다는 것을 처음으로 알았다. 내가 좋은 곳에 살고 있다는 다소 자랑스러운 기분마저 들었다. 열매를 거두는 게 가을걷이이니, 꽃잎을 거두는 것은 봄걷이, 즉 춘수春收쯤 될까?

30대 후반으로 보이는 두 여인이 다가와 잠시 대화가 중단되었다. 나는 아저씨가 쓸고 있는 차도 쪽으로 자리를 비켜섰다. 하이힐을 신은 여인이 또각또각 걸어오면서 한숨 섞인 푸념을 늘어놓자, 플랫 슈즈를 신은 여인이 연신 고개를 끄덕이며 공감을 표했다. 아이들 이야기를 하는 것 같았다. 그들은 공기에 스민 달짝지근한 봄의 냄새에도, 바람에 휘날리는 꽃잎에도 도통 관심이 없어 보였다. 주위에서 일어나는 일에 아랑곳하지 않고 걷는 그들의 태무심한 태도가 이상하게 아름답게 느껴졌다. 떨어진 꽃잎을 밟으며 가는 플랫 슈즈에 눈을 두다가, 그들이 멀어지자 다시 물었다.

"그렇게 많은 양이 떨어지나요?"

"그럼요. 참, 그것은 꽃자루까지 포함해서 말한 거예요. 꽃잎은 사실 마르고 나면 얼마 안 돼요. 얇고 가벼운 꽃잎이 그렇게 많이 나올 턱이 없지요. 꽃이 다 지고나면 곧 꽃자루가 떨어지거든요."

아저씨는 고개를 들어 손가락으로 꽃을 몇 달고 있는 가지 하나를 가리켰다. 그리고 말을 이었다.

"여기 꽃잎을 붙잡고 있는 자줏빛 꽃자루가 보이죠? 이게 근수도 많이 나가고 양도 많이 차지해요."

"그것도 떨어진다고요?"

"그렇다니까요. 처음에는 가루받이가 안 된 것들만 떨어져요. 붙들고 있을 가치가 없는 거라, 꽃이 지고나면 나무들이 바로 떨어뜨려버리지요. 아주 많은 양이 떨어져요. 그게 끝나면 나무도 심사숙고하는 것 같아요. 가루받이가 이루어진 것은 함부로 포기할 수 없잖아요. 올해는 얼마나 감당할 수 있을지, 자신의 능력을 점검하는 거죠. 그때부터는 나무는 무척 신중해져요. 떨어지는 양이 점점 줄어드는 것을 보면 얼마나 고심하는지 알 수 있지요. 그 일을 마치는 데는 열흘 남짓 걸리는 것 같아요."

"어떻게 그렇게 세세한 것까지 다 아세요?" 아저씨의 박식함에 나는 놀라지 않을 수 없었다.

"하하, 어떻게 알겠어요. 그저 해마다 반복되는 일이라 경험으로 아는 거지."

잠시 쓸기를 멈추고 고개를 쳐들며 환하게 웃었다. 그 웃음 뒤로 눈송이처럼 무량하게 떨어지는 꽃잎들, 꽃잎들. 아저씨의 선한 웃음이 묘하게 깊은 인상을 남겼다.

집으로 돌아와 회와 도미를 싱크대 위에 올려놓고 몸을 씻었다. 이맘때가 되면 황사가 잦아 밖에서 돌아오면 바로 씻는 게 좋다. 가볍게 샤워를 하고 모처럼 속돌로 공들여 발뒤꿈치 각질을 벗겨냈다. 그러고 나서 발을 부드럽게 마사지했다. 발샅과 발바닥, 발뒤꿈치는 물론 아킬레스건을 지나 가자미근육이 시작하는 곳까지. 발을 주무르다가 볼썽사납게 튀어나온 복사뼈를 자극해서였을까? 금세 발바닥이 복숭아꽃빛으로 붉게 물들었다. 내 몸 안에도 꽃물이 도는 것을 보면 봄은 봄인 모양이었다.

몸을 씻고 나오자 도미를 손질하고 있던 아내가 주방에서 기다렸다는 듯이 탄성을 질렀다. 검은 비닐봉지에 묻어 있는 꽃잎을 보고 자극을 받은 듯했다. 다소 들뜨고 과장된 아내의 목소리가 집 안 가득 울려 퍼졌다.

"도미가 벚꽃 그늘에서 잠을 자다 왔나 봐요. 몸에 온통 꽃잎이 덮여 있어요. 이 꽃 비늘 좀 보세요. 칼등으로 머리를 쳐도 봄꿈에 취해 깨어날 생각을 안 해요!"

Rhapsody[*] 1

문득

벌거숭이

인간은 알몸으로 태어난다. 그리고 죽을 때까지 다시는 알몸으로 돌아가지 못한다. 물론 목욕할 때는 누구나 옷을

....

* 랩소디rhapsody

'rhapsodie'의 어원은 고대 그리스어 ῥαψῳδία(rhapsôidía)이며, 이는 ῥάπτω(rháptô: 깁다, 바느질하다)와 ῳδή(ôidé: 송시)의 합성어로, 원래 는 음유시인들이 돌아다니며 읊었던 「일리아스」와 「오디세이아」의 단 편 구절들을 의미했다. 참고로 rhapsodos(ῥαψῳδός)는 '노래들을 꿰매는 사람', 곧 고대 서사시를 낭송하는 사람을 일컫는다. 현대 그리스어에서 ῥάφτς(ráftis)는 재봉사를 의미한다. 그러므로 rhapsody와 같은 텍스트는 드레스를 짓는 양제사의 옷본처럼, 단편들, 조각들이 유기적으로 연결되 어 배치될 수 있다. 롤랑 바르트에 의하면 이런 특성은 제3의 형식, 즉 에 세이도 시도 소설도 아닌 형식을 산출할 가능성을 열어놓는다.

18

벗는다. 하지만 그렇다고 해서 알몸이 되는 것은 아니다. 단지 벌거숭이가 될 뿐이다. 벌거숭이는 입는 것, 즉 문화를 전제하므로 알몸과는 근본적으로 다르다. 몸에 걸친 모든 것을 벗은 몸뚱이를 일러 벌거숭이라고 하지 않는가. 알몸은 막 태어난 아이, 또는 아담과 이브의 몸이다. 그것은 신이 주신 몸이다.

매구

여우는 필경 난생동물에서 진화했을 것이다. 잠을 잘 때 긴 꼬리로 자신의 존재를 휘감는 것을 보면 그런 생각이 든다. 포란하는 습성을 버리지 못하고 본능적으로 자신을 품는다. 여우는 천 년 동안 그렇게 긴 꼬리로 자신을 품어 매구라는 짐승으로 다시 태어난다.

나도 밤마다 내 알몸을 품는다. 따뜻하게 감싸면 꿈꾸는 내가 부화할 거란 믿음 때문에.

일률천편 一律千篇

천 편의 시문이 하나의 가락律에 수렴되는 것을 천편일률千篇一律이라 한다. 이런 작품은 천 편일지라도 서로 비슷비슷해서 가치가 없다. 어떤 작가라도 이런 글을 쓴다면 참으로 비참할 것이다.

나는 꿈을 꾼다. 천편의 원천이 되는 한 편의 글을 쓸 수 있기를. 일률천편一律千篇, 이것은 나뿐 아니라 모든 작가의 꿈이다.

지천명

그때 그렇게 해야 하지 않았을까? 하지만 나는 그렇게 하지 않았다. 어떤 때는 그렇게 해야 한다는 걸 의식하지도 못하고 넘겨버렸다. 그 결과 지금의 내가 있다. 돌이켜보니 멍청한 짓을 하면서 예까지 온 것 같다. 게으름만 피우다 그럭저럭 지금의 나에 당도한 것 같다. 그러므로 나는 최선의 내가 아니다. 어쩌면 내 인생을 가지고 무엇을 해야 하는지도 모른 채 여기까지 왔는지도 모르겠다.

이제야 내 인생의 용도를 찾았다. 나는 글을 쓰라는 명령을 받았다. 지엄하신 신으로부터.

지금 당장!

My Way

늘 잊지 말자. 뮤즈의 고향인 파르나소스 정상에 이르는 길이 따로 정해져 있지 않다는 걸. 자신만의 방법으로 오르는 게 중요하다.

교정

"커피 드세요."

글을 쓰고 있는데 아내가 커피를 가지고 들어온다.

흔치 않은 일이라 나는 사소한 오류를 바로잡듯 안경을 고쳐 쓴다. 그리고 새삼스럽게 아내의 얼굴을 쳐다본다. 피부는 탄력을 잃어 헐거워지고 눈가에는 가는 주름이 잡혔다. 세월이 외로움과 고통과 슬픔을 대동하고 흘러간 자국이다.

아름답다.

왜 이제야 아내의 매혹적인 면이 보이는 걸까? 정말 나는 여태 반짝거리는 세상에 단단히 홀려 있었던 걸까?

어떤 슬픔

슬픔은 가장 근본적인 감정이다. 살다보면 이별이나 상실, 좌절의 아픔을 겪지 않을 수 없다. 누구나 가슴 밑바닥에는 안개처럼 막막하고 막연한 슬픔이 깔려 있다. 정도 차이는 있겠지만 우리의 내면은 습기로 눅눅하다.

작년에 고인 눈물이 금년에 떨어진다는 말이 있다. 눅기가 치는 마음에서 지극히 천천히 생성되는 결로結露, 쉽게 떨어지지 않는. 이런 불가사의한 눈물은 인과관계를 따지기 어렵다. 그건 영혼의 진주이기 때문이다.

맛

음식은 입으로 먹지만 그 맛은 얼굴로 표현한다. 어떤 걸 먹고 있을 때 혀는 음미하고 침과 뒤섞느라 느낌을 표현할

짬이 없다. 그래서 보통 얼굴이 대신해준다. 사과를 한 입 베어 물 때 찡그리며 가볍게 진저리치는 표정을 보라. 얼마나 실감나게 맛을 표현하는가. 그 표정을 보면 누구라도 입 안에 침이 고일 것이다.

커피에는 오미五味가 담겨 있다. 그래서 커피를 마실 때면 얼굴은 그 맛을 어떻게 표현해야 할지 난감해한다. 몽롱한 표정으로 잠깐 현실이 아닌 과거에 시선을 두는 것도 그 때문이다.

먼 길에서 돌아와 음미하는 커피는 향기롭다.

나는 잘 안다. 인생에도 오미가 있음을. 커피 잔을 들고 잠깐 추억에 잠긴다.

고백

내 인생 대부분은 세상의 소유물이었다. 세상은 나를 흔들고, 따돌리고, 홀리고, 외면하고, 넘어뜨리고, 울게 했다. 나는 세상사에 많은 시간을 허비했다. 진정으로 내가 소유한 시간은 매우 적었다. 그 짧은 시간을 쪼개서 나를 생각하고 또 당신을 생각해야 했다. 아, 얼마나 초라한 사랑이냐.

말

말에는 늘 후회가 뒤따른다. 하지만 침묵은 그렇지 않다. 침묵은 후회를 불러오지 않는다. 대신 아쉬움을 남긴다. 그때 이런 조언을 해주는 게 좋지 않았을까? 에이, 이럴 줄 알았으면 명확히 내 입장을 밝힐 걸. 한바탕 욕설이라도 퍼부었더라면 속이라도 후련했을 텐데. 이 모두는 후회와는 전혀 다른 성질의 것들이다. 물론 말로 아쉬움을 해소한다 해도 침묵보다 더 나을 거란 보장은 없다.

못

조그만 못 하나를 박는 데도 온 집이 흔들린다. 못을 박아본 사람이라면 잘 알리라. 남의 가슴에 못을 박는 일도 이와 같다. 하지만 못을 빼낼 때는 소리가 없다. 비교적 가볍게 빠진다. 자국도 거의 남기지 않는다. 화해하고 용서하는 일도 이와 같다.

돌이켜 보면 나는 못을 박기만 했을 뿐 빼내는 데는 소홀히 했다. 오늘, 녹슨 못 하나를 발견하고는 펜치에 그것을 물리고 힘을 주었다. 아뿔싸! 못이 너무 삭아 빠지지 않고 그만 부러져버렸다. 더 이상 어떻게 해볼 도리가 없었다. 못을 빼내는 데도 때가 있음을 알았다.

아내의 가슴에도 내가 박은 녹슨 못이 많으리라.

이팝꽃 그늘에서

    공원의 이팝나무 아래, 평 벤치에 걸터앉아 장기를 두는 두 사람 주위로, 나이가 지긋한 구경꾼들이 둘러 서 있다. 판에 몰입해 있는 이들의 다양한 표정과 옷차림, 태도 등으로 판단컨대, 비록 한 자리에 모였으나 전혀 다른 길을 걸어온 사람들 같다.

    공원을 두어 바퀴 돌다가 호기심이 동하여 나도 그 무리 속에 끼어본다.

    중반전에 접어든 반상에는 한漢과 초楚 간에 한창 치열한 공방이 벌어지고 있다. 면밀히 살펴보니 아무래도 초가 약간 유리한 듯하다. 그러나 그것도 잠시, 몇 수 진행되지 않아 전세가 금세 역전된다. 수세에 몰린 한이 바깥에 있는 포를 궁으로 불러들이며 공격과 수비를 겸한 수를 놓자 상황이 일변한다. 지켜보는 사람들 입에서 탄성이 터져 나온다. 일견 평범해 보이나 음미할수록 의미심장한 수이다. 갑자기 열기가 후끈 달아오른다.

"아, 뭐해? 기왕 이렇게 된 것, 차로 장이나 부르고 봐야지!" 평생 큰소리 한번 못치고 살았을 성싶은, 손이 거칠고 조금은 허름한 행색의 엉거주춤이 목소리를 높여 호기롭게 외친다. 그러자 야윈 몸에 얼굴이 약간 뒤틀린 외어앉음이 담배를 꼬나물고서 "이 판국에 장은 무슨. 차를 달라고 하면서 마를 앞으로 보내야지" 한다. 넓은 세상으로 나가라고 부추기는 것이다. 반짝이는 구두와 쉰 목소리로 판단컨대, 역마살로 한 시절 떠돌지 않았을까 싶다. 내 옆에 서 있는 느슨한 팔짱도 입이 근질근질한지 기어코 참견하고 만다. "둘 게 마땅치 않으면 가운데 졸을 앞으로 밀어. 발은 느려도 나중에는 그게 힘을 발휘한다니까." 점잖은 말투로 미뤄보건대 공직에 몸담았던 분 같다. 구청 로고가 박힌 모자를 쓴, 목이 긴 넘겨다봄도 가만히 있지 않는다. "포에는 포로 맞받는 게 상책이야. 포를 궁 앞에 붙이라고. 이 장면에서는 딱 그 한 수뿐이야!" 포의 위력을 아는 걸 보니, 삶에

예고도 없이 떨어지는 불운에 시련깨나 겪었나 보다. 외모에서 왠지 삶의 신산함이 묻어난다. 하지만 정작 전투에 임하는 초는 이런 사면초가에도 불구하고 골똘히 생각에 잠겨 있다. 평생 집을 돌보지 않고 맘 내키는 대로 살아서였을까? 궁을 어떻게 안전하게 방비할지 장고에 장고를 거듭한다. 이상하게도 내 눈에는, 장기를 두는 이나 훈수하는 이 모두, 판에 자신의 삶을 복기하고 있는 듯 보인다.

초의 다음 수를 놓고 저마다의 삶에서 우러나온 경험을 앞세워 의견이 분분한데, 돌연 한 줄기 바람이 이팝나무를 훑고 지나간다. 반상에 드리워진 연두 그늘이 불길하게 어른거리는가 싶더니, 하얀 꽃들이 우박처럼 쏟아져 내린다. 바람의 사주를 받은, 심통 사나운 이팝꽃들의 소갈머리 없는 풍기 문란! 때 아닌 소동에 반상이 갑자기 혼란스럽고 어수선해진다.

청천하늘에 날벼락도 유분수지, 이 무슨 변고란 말인가? 예기치 않은 사태에 모두 할 말을 잊는다. 일순 열기가 차갑게 식어버린다.

정신을 가다듬고 살펴보니, 경지정리가 잘 된 들과, 왕이 사는 궁성, 그리고 기물 위에 어지럽게 떨어진 이팝꽃이 하얗게 빛난다. 구경꾼들 사이에 깊은 정적이 흐른다. 이상하게도 모두 약속이나 한 듯 말이 없다. 참다못한 외어앉음이 "허어, 꽃이 꼭 잘 여문 쌀 톨 같네!" 해도 아무도 대꾸하지 않는다. 그리고 보니 전투가 벌어지고 있는 반상이 우리가 사는 세상의 축도 같기도 하다. 그래, 젊은 날 배고픔을 참으며 두 주먹을 불끈 쥐고서 한 줌의 쌀을 얻기 위해 얼마나 분투했던가. 모두는 판에서 치열하게 살았던 지난 세월을 읽는 것일까?

장기를 두는 두 사람의 옷과 머리에도 밥알 같은 꽃잎이 묻어 있다. 궁을 만지작거리던 초가, 도저히 안 되겠다 싶었는지, 반상에 떨어진 꽃잎을 후후 불어 날리기 시작한다. 보기와는 달리 가벼운 것이라 쉽게 사방으로 흩어진다. 그게 대충 끝나자 옷에 묻은 것들도 툭툭 떨어낸다. 그러다 무심코 고개를 들어 위를 올려다본다.

구경꾼들도 그 눈길을 따라간다.

이팝나무에는 꽃이 참말로 흐드러지게 피어 있다. 고슬고슬한 쌀밥을 지어 수많은 빛의 사발에 담아 가지마다 다문다문 올려놓은 듯. 고봉으로 소담하게 피어난 무수한 꽃송이들이 오월의 햇살에 눈부시게 빛난다.

까치 건축법

1

모든 나무는 자신의 그늘 위에서 산다. 그늘은 넓이를 줄일 수는 있어도 완전히 없앨 수는 없다. 은혜를 아는 까치는, 이 그늘에 떨어진 삭정이만을 주워 모아서 보금자리를 튼다. 결코 생가지를 꺾어 쓰는 법이 없다. 그 위치도 대개 나무의 밑쪽이 아닌 흔들림이 심한 4분의 3쯤이나 그 이상 되는 곳을 택한다. 나무의 감정이 가장 민감하게 전해지는 곳이기도 하다. 그렇다고 아무 나무에나 집을 짓지는 않는다. 까치는 가지가 성기고, 줄기가 곧게 서 있으며, 가을에는 낙엽이 지는, 고독과 쓸쓸함을 아는 나무를 좋아한다. 그런 나무에 지어야 통풍도 잘 되고 달빛도 잘 들기 때문이다. 이 풍월주인은 세상 어디에도 무풍지대가 없다는 사실을 너무나 잘 안다. 그래서 굳이 고요하고 안전한 곳을 찾으려고 헛되이 노력하지 않는다. 차라리 풍상우로風霜雨露에 완전히 노출된 위태로운 곳에다, 어떤 바람에도 끄떡없는 튼튼한 집을 짓는다. 그리고 나서 자신이 의지한 나무와 함께 모든 시련에 당당히 맞선다. 크게 욕심을 부리지도 않는다. 그저 마른 삭정이를 얼기설기 엮어 지은 한 채의 누옥陋屋에서 안분지족하며 한 생을 살 뿐이다.

2

공원에 들어서자 까치가 소나무 아래서 삭정이 하나를 물고 날아오른다. 공원에는 회화나무, 벚나무, 이팝나무, 느티나무, 튤립나무, 감나무, 모과나무 등이 자라는데도, 이런 나무들을 다 외면하고, 길 건너 아파트 단지를 따라 늘어선 메타세쿼이아 중 하나에 둥지를 틀었다. 까치가 좋아하는 바람이 잘 드는 나무다. 까치는 새싹이 움트는 이맘때쯤이면 으레 집을 보수한다. 겨울 내내 모진 바람에 시달리고 부대겼을 터이니, 아무리 견실하게 지었다한들 집이 성할 리 있겠는가. 전체적으로 얼개가 헐거워졌을 테고, 삭정이가 삭아 결락된 곳도 있을 테다. 느슨해진 곳은 다시 야물게 결어주어야 하고, 허소한 곳은 꼼꼼하게 메워주어야 하리라. 내가 관찰한 바로는, 옅은 연두 물결 사이로 둥지가 언뜻언뜻 드러나 보일 때쯤 공사가 끝나는 것 같다. 까치는 해마다 보금자리를 점검하고 보살피면서 산다.

평범한 영웅들

　현대인은 감탄하고 찬미할 줄 모른다. 어쩌다 누군가 길섶에 핀 작은 냉이 꽃을 보고 "어쩜 이리도 고운 꽃이 여기에!" 하고 탄성을 발해도, 셈에 익숙한 현대인은 감탄사를 팩토리얼factorial로 읽는다. 그러니까 '여기에!'를 '여기에 팩토리얼'로 받아들인다는 말이다. 당연히 '여기에'가 얼마나 많은 경우의 수로 구성되었는지 수학적으로 따져보려 한다.

　일상을 신이 준 축복으로 생각하는 사람들은 이딴 이야기는 듣고 싶지 않으려나? 한낱 과장된 에피소드에 불과하므로. 그렇다면 참으로 다행한 일이 아닐 수 없다. 그래, 이 세상에 사소한 일에도 감탄하고 감동할 줄 아는 사람이 많다면 얼마나 좋을까.

감정이 메말랐다는 비난을 면하고 싶어 오늘 「민들레꽃이 피기까지」란 글을 써보았다. 어려운 환경에서도 곱게 피어난 꽃을 보고 그냥 지나칠 수 없었다.

공원의 가로등 밑

보도블록 틈새를 비집고 나와

해맑게 웃는 민들레꽃

이렇게 곱게 피어나기까지

얼마나 많은 발걸음들이

이 여린 존재의 눈부심에

화들짝, 자신의 육중한 어둠을

다른 데로 옮겨 디뎠을까?

시인이 이 꽃을 보았다면 보도블록 틈새를 어렵게 비집고 나온 존재의 경이에 초점을 맞췄을 것이다. 하지만 나의 눈길을 붙든 것은 그게 아니었다. 행여 연약한 꽃을 밟을세라 황급히 다른 데로 옮아 디딘 수많은 발걸음들이었다. 놀라 당황해하는 평범한 영웅들의 모습이 눈에 어른거렸다. 곱게 자란 꽃에서 사람에 대한 작은 희망을 보았다고나 할까? 수필가의 시선으로 바라보지 않았다면 선한 발걸음 공동체가 이루어낸 이 놀라운 기적을 쉽게 발견할 수 없었을 것이다.

수필은 보통사람들의 삶에 관심을 갖는다. 수필이야말로 너와 나 그리고 우리에 대한 글이 아닌가. 이런 관점에서 보면 위의 글은 비록 행갈이를 했지만 수필이 아닌가 한다.

참, 이런 진지한 농담은 듣고 싶지 않으려나?

다저녁때

길고양이

아파트를 나서며 느릿느릿 주차장을 가로지르는 회색
줄무늬 길고양이와 마주친다. 어미 품을 막 떠났을 때, 현관
계단 아래서, 5층 아주머니가 내주는 먹이를 기다리곤 하던
녀석이다.

한동안 보이지 않더니 이제는 자주 눈에 띈다. 하긴, 고
양이는 자신의 모습을 보여주고 싶을 때에만, 사람 앞에서
얼쩡거린다고 들었다.

그동안 어디에 있었을까?

거세된 탓일까? 저 녀석은 암고양이에게 통 관심이 없

다. 어젯밤에 화단 살구나무와 매화나무 사이에서 고양이가 애달프게 우는 걸 보았다. 고양이들이 자주 다니는 화단 곳곳에 성페로몬이 남아 있으련만, 저 고양이는 거들떠보지도 않는다.

성 본능이 사라지면 삶은 얼마나 단순해지는가. 이성 앞에서 의기양양해하고, 뻐기고, 거들먹거릴 필요가 없으니. 그렇다고 그런 과장된 행위들을 과소평가해서는 안 된다. 그러기 위해서 얼마나 많은 희생과 대가를 치러야 하는가. 이상야릇한 충동에 휩싸일 일이 없으니, 혈관에 흐르던 격류가 이미 차갑게 식어버렸을 것이다. 어쩌면 배를 채워주는 먹이와, 세상에 대한 사소한 호기심이, 겨우 녀석의 삶을 이끌어 가는지도.

오직 자신의 그림자만을 데리고 텅 빈 주차장을 배회하는 녀석의 걸음걸이가 차분하고 조용하다. 모르긴 해도 저 녀석은 전생에 무언극에 출연한 배우였을 것이다. 모든 몸짓에는 말 이상의 의미가 함축되어 있다.

늘 먹이를 찾아 헤매다보니 눈보다 코를 더 신뢰하는 것 같다. 걸음을 멈추고 고개를 들어, 가끔 공기 속에 흐르는 냄새를 맡으며 꿈꾸듯 자신의 위치를 점검한다. 고독은 참

이상한 물질이다. 고층 건물에 둘러싸여 하루하루 근근이 살아가면서도, 결코 품위를 잃은 적 없는 저 녀석에게, 기성 복처럼 잘 어울리니 말이다.

산책

으레 오후 4시에서 5시 사이에 산책에 나선다. 내겐 이 시간대가 한가해 부담이 없기 때문이다. 지자체에서 잘 정비해 놓은 서부천변 산책로를 한 바퀴 돌고 오면 50분쯤 소요된다.

의도한 것은 아니지만, 이런 습관은 '쾨니히스베르크의 시계'로 불린 칸트와 비슷한 면이 있다. 칸트는 어김없이 5시 정각에 집을 출발해 약 1시간쯤 산책하고 돌아왔다. 그도 건강을 유지할 목적으로 하루도 거르지 않았다.

하지만 질적인 면에서는 확연히 차이가 난다. 그는 나와 달리 땀을 흘리는 것을 견디지 못했다. 그래서 늘 서두르지 않고 한가하게 걸었다. 특히 여름에는 아주 천천히 걸었는데, 땀이 몇 방울이라도 흐르면 바로 그늘을 찾았다. 무엇보다도 산책에 임하는 자세와 가슴에 품은 정념이 달랐다.

어떻게 보면 칸트야말로 동양적인 의미에서의 산책을 평생 즐긴 사람이었다.

어원을 살펴보면 산책散策이나 산보散步라는 단어에는 서양과는 전혀 다른 엉뚱한 뜻이 들어 있다. 두 단어에 공통으로 쓰인 산散이 한약의 한 종류인 '가루약'에서 왔기 때문이다. 그러니까 가래나 기침에 효과가 있는 용각산龍角散의 산과 같다는 말이다. 중국 현대문학의 아버지인 루쉰에 의하면, 위진魏晉 시대에 한식산寒食散 또는 오석산五石散이라는 단약이 크게 유행했다고 한다. 장수에 도움이 된다고 여겨졌기 때문이다. 오석산은 다섯 가지 돌을 빻아서 만든 가루약인데, 복용하고 나면 어찌나 열이 나는지, 찬 음식만 먹어야 했다. 그래서 한식산이라고도 불렀다. 당연히 몸에 약기운이 돌면, 열을 식히기 위해 바람을 쐬면서 한가하게 소요하지 않을 수 없었다. 여기서 산보 또는 산책이란 말이 나왔다.

참고로, 지금 내가 쓰고 있는 글의 형식인 산문散文도 이와 무관하지 않다고 본다. 산문은 도보이고 시는 무도舞蹈라는 말도 있듯이, 산문은 격정과 정념을 차분하게 식혀가면서 소요하듯 쓰는 글이기 때문이다. 그것은 차갑고 딱딱하고 건조한 글일 수만은 없다. 통념과 달리 좋은 산문은 뜨거운 불을 얼음에 가둬놓은 글이다.

칸트의 가슴에는 '사고방식의 혁명'을 일으키고야 말겠다는 뜨거운 열망이 불타고 있었다. 그것은 죽을 때까지 꺼지지 않는 불이었다. 결국 그는 그 불을 3대 비판이라는 얼음에 가둬, 인식론에서 코페르니쿠스적 전회를 이루어냈다. 모르긴 해도 가슴의 열을 식혀주는 산책을 하지 않았다면, 결코 성취할 수 없었을 것이다.

나는 산책에는 사색구간이 존재한다고 굳게 믿는다. 과학적으로 엄밀하게 검증된 것은 아니지만, 경험에 비춰보건대, 출발지점에서 5㎞까지가 이에 해당한다고 생각한다. 걷기 전문가라면 대체로 나의 견해에 수긍할 것이다. 이 구간을 넘어서면 몸에 피로가 점점 쌓이면서 생각이 줄어든다. 더 멀리 나아가면 결국 머리가 깨끗이 비워지며 아무 생각도 떠오르지 않는다. 오로지 걷는 자가 된다. 사색의 구간에서는 자유로운 연상이 구름처럼 피어오르고, 참신한 아이디어가 떠오르며, 복잡하게 꼬인 일들의 가닥이 잡히기도 한다.

칸트는 이 구간 내에서 산책을 했을 것이다. 변화를 지극히 싫어했던 그의 성격으로 미루어보건대 결코 벗어난 적이 없었을 것이다. 가슴에 뜨거운 정념을 품은 그는 매일 한 가지 주제를 정해놓고 천천히 음미하며 걸었으리라.

물론 나도 사색구간 내에서 산책을 한다. 하지만 칸트와 달리 산책에 임하는 태도가 진지하지 못해 해찰하거나 한눈팔기 일쑤다. 또한 세상 잡사에 대한 부질없는 걱정과 근심으로 머릿속이 언제나 복잡하다.

레몬수

레몬 향기를 맡고 싶소. 이상李箱이 죽기 직전에 한 말이다. 레몬 향은 가볍고 상쾌하고 맑다.

아내는 늘 레몬을 얇게 저며 설탕에 재어 두었다가 시원한 탄산수에 타서 마신다. 몇 모금만 마셔도 여름에는 심신이 금세 가뿐해진다.

산책을 다녀와 샤워까지 했는데 어찌 이 명랑한 기쁨을 맛보지 않을 수 있으랴. 탄산수에 반달 모양의 레몬과 얼음 조각을 띄운다. 작은 기포들이 솟아오르고 유리컵 가장자리에는 이내 차가운 김이 서린다.

타다타닥.

컵 속에서 얼음이 터지는 소리가 오늘따라 유난히 기분
좋게 들린다.

몇 모금 들이켜자 시원한 물이 목을 타고 내려가며 메마
른 몸을 적셔준다. 동시에 기포가 터지며 발산하는 레몬향
이 후각을 자극하면서 정신을 맑게 해준다.

다저녁때

어스름이 사물들의 표면에 슬며시 내려앉는다. 지금은
빛과 어둠, 따뜻함과 차가움, 건과 습이 교차하는 시간이다.
또한 단호함과 망설임이 교차하는 시간이기도 하다. 이 시
간이 되면 거리에서 어슬렁거리는 사람들이 유난히 눈에
띈다.

레몬수를 마시며 주방 덧창을 통해 물끄러미 거리를 내
려다본다. 집 뒤로 넓은 도로가 지난다.

대부분의 자동차들은 아직 전조등을 밝히지 않고 달리
지만, 간혹 영문도 모른 채 막 불이 켜지는 차도 있다. 대기
의 밝기 정도에 따라 자동으로 불이 들어오게끔 세팅해둔

차일 성싶다. 동서로 길게 뻗은 포장도로가 석양에 금빛으로 빛난다. 비둘기 떼가 이 눈부신 길을 건너 이마트 쪽으로 날아간다. 붉은 미등을 켠 차들이 오르막길에 있는 사거리에 길게 꼬리를 물고 서 있다. 그 앞으로 신호를 받은 버스와 승용차가 조용히 지나간다. 차들의 루프가 마치 딱정벌레 등처럼 빛난다.

하루의 불가해한 신비와 비밀은 바로 이 순간, 낮과 밤 교차하는 이 순간에 깃든다. 쉿!

나는 경험으로 안다. 저녁이 없는 삶은 얼마나 초라한지를.

이런 다저녁때, 미네르바의 부엉이는 깃털을 고르면서 시력이 회복되기를 기다리고, 점점 무거워지는 사물들은 더 깊은 사색에 잠길 것이다.

방에 돌아오니 책상 위에 펴놓은 책장에도 벌써 엷은 어스름이 내려앉았다. 휴대폰 폴더를 열고 시간을 확인한다. 6시 08분.

스탠드 불을 켠다.

한가함

오늘도 휴대폰이 몇 번 울리지 않는다.

전에는 나를 평가하는 상사도 있었고, 나의 지시를 기다리는 부하직원도 있었다. 뜻이 맞는 동료도 있었고, 경쟁자도 있었으며, 내가 만든 적들도 있었다. 어디 그뿐인가. 심지어 나의 도움을 기다리는 사람들도 있었다. 당연히 일정표에는 그날그날 해야 할 일들로 넘쳐났다. 하지만 이제 나는 이 모든 것들로부터 자유롭다. 그런 것들은 전적으로 그들의 일이 되었다.

이렇게 휴대폰이 잠잠해지기까지, 나를, 그리고 나의 삶을, 얼마나 다듬고 조율해야 했던가.

최근에 이르러서야 한가함을 온전히 소유하게 되었다. 편치 않은 몸이 내게 준 분에 넘치는 선물이다. 축복인가? 아무래도 그렇다고 말해야 할 것 같다.

알다시피 한가함은 '여가시간'이나 '여유'와는 전혀 다른 층위의 개념이다. '여가시간'이란 노동 시간에서 남은 자유로운 시간을 지칭한다. 그래서 사람들은 보통 이 시간에 문화산업이 제공하는 서비스나 상품을 느긋하게 소비하면서 다음 노동을 위해 에너지를 충전하고 싶어 한다. 넓게 보면 노동의 일부인 셈이다. '여유' 역시 한가함과는 한참 거리가 멀다. 특수한 문화 자본을 소유한 자들에게만 허용된, 시간을 주권적으로 이용할 가능성을 의미하므로. 한가함은 무엇보다 삶의 구속에서 벗어나 존재론적으로 비교적 자유롭고 여유로운 상태를 일컫는다.

바쁜 일정에 쫓겨 살다가 삶에서 한가함을 잃어버린다면, 삶은 의미의 닻을 내리지 못할 것이다. 그저 세상의 흐름을 따라 국으로 이리저리 떠밀려 다닐 뿐.

그러고 보면 한가함이야말로 더없이 소중한 삶의 자산이다.

경험으로 말하건대 떠들썩하고 소란스러운 길이 끝나는 곳에 외로움과 고독만이 기다리고 있을 줄 알았다. 그런데 그렇지 않았다. 과거와는 전혀 다른 길이 새롭게 열렸다. 산과 강, 꽃과 나비, 나무와 새, 달과 별에게로 가는 길들이. 덕분에 나의 삶은 전보다 훨씬 풍요로워졌다.

신발 끈이 풀어지다

언제부터인지 세상에 나가는 게 두려워졌다. 몸이 아프면서였지 않나 싶다. 나는 가능한 바깥출입을 하지 않았다. 굳이 세상의 부당함이나 불공정함, 불의 등에 참견하고 싶지 않았다. 그건 세상의 일일 뿐이었다. 물론 가끔 마지못해 세상에 나가야 할 때도 있었다. 그때마다 나는 나를 기다렸고 귀가하듯 서둘러 나에게로 돌아왔다. 고독하고 외로웠지만 오랜 세월 침묵 속에서 평온하게 지냈다.

그해 4월 16일 수요일, 그날도 상가에 있는 제과점에서 갓 구운 빵이 나오기를 기다렸다. 오전 11시 무렵이 되면 어김없이 신선한 빵이 나왔다. 세상은 그렇게 어제와 같을 거라 믿었고, 나 역시 변함없는 나로 살게 될 거라 굳게 믿었다. 그런 평온한 일상에 아무런 불만이 없었다. 한 봉지의 빵을, 한 봉지의 안식과 평화를 들고서 한가하게 집으로 향했다.

빵집을 나서며 습관적으로 휴대폰 화면을 들여다보았다. 뉴스 상단 뜬 긴급 속보가 이상하게 마음에 걸렸다. 불길한 예감이 머리를 스치고 지나갔다.

상가에서 가장 뒤 동에 있는 집으로 가자면, 아파트단지의 중앙대로를 따라 늘어선 벚나무 밑을 지날 수밖에 없다. 아마 그 중간쯤 이르렀을 때였을 것이다. 무심코 아래를 내려다보았더니, 오른쪽 신발 끈이 풀어져 있는 게 아닌가!

그때 나는 산보를 하거나 잠깐 외출할 때면 으레 끌고나가는 낡은 스니커즈를 신고 있었다. 누구나 경험으로 알다시피 신발은 새것일수록 끈이 잘 풀린다. 끈과 울에 탄력이 살아 있어 매듭을 단단히 지어놓아도 쉽게 헐거워지므로. 그 스니커즈는 먼 길을 나와 함께해 온 터라 다정한 친구 같은 신발이었다. 내 발의 형태와 걷는 습관, 몸무게는 물론, 내가 즐겨 찾는 길까지도 훤히 알았다. 집을 나서면, 잘 길을 들인 신발은 나를 내면세계로 안내했고, 또한 잘 길이 난 신발은 나를 바깥세계로도 안내했다. 늘 그렇게 안팎의 세계로 이끌었다. 에둘러 말하지 않으련다. 닳고 해져서 끈이 쉽게 풀릴 신발이 아니었다는 말이다.

웬일이지? 걸음을 멈추지 않을 수 없었다.

졸린 눈꺼풀처럼 게게 풀린 가닥이 신발 밖으로 길게 늘어져 있었다. 그 주변에는 꽃잎들이 어지럽게 흩어져 있었고. 잠깐 망설이고 있는 사이에도 바람에 쓸린 꽃잎들이 신발 주위에서 날아올랐다.

별 생각 없이 위를 올려다보았다. 웬일인지 벚나무 표정이 평소와는 전혀 달라 보였다. 꽃눈마다 굵은 눈물이 맺혀 있었고, 가볍게 살랑거리는 바람에도 무게를 이기지 못해 대책 없이 떨어져 내렸다. 벚나무들이 길게 도열하여 소리 죽여 울고 있었다. 하염없이 눈물을 떨구면서 어깨를 들먹이고 있었다. 선득선득한 꽃잎들이 내 뺨을 적시고 어깨를 적셨다.

결코 우연히 신발 끈이 풀린 게 아니었다. 그것은 세상을 대하는 나의 태도와 의식이 글러먹었으니, 끈을 고쳐 매고 새롭게 출발하라는 일종의 메시지였다. 타인의 고통과 이 부조리한 세상을 결코 외면하지 말라는 충고였고, 영문도 모르고 속절없이 져버린 꽃잎들을 온몸으로 받아들이라는 지엄한 명령이었다. 그것도 지금 당장!

빵 봉지를 화단 경계석 위에 올려놓고 꽃잎이 묻은 두 가닥의 끈을 추슬러 올렸다. 자괴감과 함께 알 수 없는 서글픔이 밀려들었다. 수많은 우여곡절 끝에 겨우 내 길과 내 신발이 편안해지는 나이에 이르렀는데 다시 시작해야 하다니, 개도 벚나무 밑둥치에 오줌을 지리면서 지나온 삶을 점검하고, 작은 봄꽃 화분들을 꽃그늘에 벌여놓은 중년 부부도 소박한 자신들의 삶을 내놓고 자랑하는데 새 출발을 해야 하다니. 나는 하염없이 내리는 꽃비에 옷을 적시면서 신발 끈을 단단히 조여 맸다. 그것만으로는 부족해 마음까지도 야물게 여몄다.

하지만 그때 나는 미처 깨닫지 못했다. 얼마나 깊은 절망과 비애가 나를 기다리고 있는지를, 낙화를 진정으로 애도하기까지 또 얼마나 많은 시간을 기다려야 하는지를.

이튿날에도 여전히 뿌연 황사가 벚나무에 들이쳤고 분분히 꽃잎이 떨어졌다. 오가는 사람들 중 몇몇은 목요일마다 방문하는 백암순대 1톤 트럭 주위로 모여들었다. 아주머니가 참담함에 무력감과 절망감을 버무린 소를 가득 넣은 순대를 어슷어슷 썰어 내놓았다. 그들은 내리는 꽃비 속에서 단장의 슬픔을 소금에 찍어 먹거나 검은 비닐봉지에 싸서 말없이 집으로 가져갔다.

날마다 수위아저씨가 떨어진 꽃잎을 마대에 쓸어 담았다. 바람에 날려 쓸어 담지 못한 것도 많았다. 하지만 갈수록 그 양이 줄어들었다. 봄비가 몇 번 내리자 그나마 가지에 성기게 남아 있던 꽃잎마저도 흔적도 없이 사라져버렸다. 부끄럽게도 나는 그때까지도 신발 끈을 고쳐 맨 것 외에는 어떤 책임감 있는 행동도 하지 못했다.

6월이 되자 꽃이 진 자리에 버찌가 익었다. 하지만 누구도 하늘을 쳐다보지 않았다. 극심한 무력감과 좌절감에 모두 땅만 보고 걸었다. 아무도 검은 버찌 세 개를 옷깃에 달아 조의를 표하지 않았다.

결국 버찌는 속절없이 떨어져버렸고 지나는 사람들의 넋을 잃은 발길에 밟혔다. 한심하게도 나 역시 끈을 고쳐 맨 그 신발로 무시로 그걸 밟고 지나갔다. 그때마다 버찌가 으깨졌고 이내 바닥은 검게 얼룩이 졌다. 그렇게 최소한의 조의마저도 너와 나의 발길에 무참히 짓밟히고야 말았다.

부국선생 조우기 負局先生 遭遇記

먼 옛날 현명한 황제는 세 개의 거울, 그러니까 동감銅鑑, 인감人鑑, 사감史鑑을 가까이 두고 나라를 다스렸다. 동으로 만든 거울로는 자신의 모습을, 인감, 곧 백성이란 거울로는 자신의 잘잘못을, 역사의 거울로는 제국의 운명을 비춰보았다. 지금도 그렇지만 그때도 거울은 꼭 규방에서만 필요한 사물이 아니었다. 세월이 흐르자 황제뿐 아니라 차츰 일반 백성들까지도 동 거울을 갖게 되었다. 당연히 부국선생負局先生을 찾는 이들도 늘어났다. 거울에 때가 끼거나 녹이 슬면 닦아내야 했기 때문이다. 선생은 거울을 올려놓고 가는 바둑판 모양의 판局인 마경국磨鏡局을 짊어지고 저잣거리를 돌아다니면서 이렇게 외쳤다. "거울 갈아요, 거울! 거

51

울 가는 데 일 전!" 거울을 갈게 되면 으레 집안에 병으로
고생하는 사람이 있는지도 물어보았다. 환자가 있다고 하
면 일을 마치고 나서 자주색 환약을 꺼내 주었는데, 신통한
효험이 있었다. 시속이 변하자 선생은 봉래산에 들어가 홀
연히 자취를 감추어버렸다.

이상은 유향劉向이 편찬한 『열선전列仙傳』에 나오는 부국
선생 이야기이다. 이만하면 부국선생이 누구인지 어느 정
도 짐작을 하였을 줄 믿는다. 각설하고, 그렇게 까마득한 옛
날에 종적을 감춘 부국선생이 이 세상에 다시 나타났다면
믿겠는가?

아마 아무도 믿는 사람이 없을 것이다. 상식적으로 어디
그게 가당키나 한 이야기인가. 하지만 세상에는 믿기 힘든
기적이 가끔은 일어나는 법이다. 부디 내 말을 듣고 놀라지
말길. 세상을 끔찍이 사랑한 부국선생은 결코 우리를 외면
한 적이 없었다! 봉래산에 들어 흰 수염이나 기르면서 두문
불출한 게 아니었다는 말이다.

이제 와서 생각해보니, 선생은 세상이 시끄러울 때마다
수시로 우리 곁에 나타났으나, 삶에 쫓겨 바삐 살다보니, 누
구도 알아볼 경황이 없었던 같다. 어쩌면 우리가 용케 찾아

내는 곳이라면, 언제 어디서든 기꺼이 나타날 용의가 있을 것이다. 그럴 거라 믿는다.

물론 나라고 선생을 한눈에 알아본 것은 아니다. 디오게네스처럼 대낮에 등불을 앞세우고 다니면서, 진정한 인간을 찾는답시고 마주치는 사람마다 얼굴을 비춰본다면 또 모를까, 어디 쉽게 눈에 띌 리가 있겠는가? 여항간에서 선인이나 은자를 식별해내기란 사실 지극히 어려운 법이다.

선생과 처음으로 조우한 것은 벚꽃이 난만하게 핀 사오 년 전 봄이었다고 기억한다. 시대가 변해 거울을 가는 사람이 없어서인지, 선생은 이제 마경국磨鏡局을 짊어지고 다니지 않았다. 대신 무거운 마도국磨刀局을 끌고 다녔다. 요컨대 지금 세상에 필요한 것으로 판 같이를 했다는 말이다.

내가 사는 아파트 단지에는 중앙대로를 따라 늘어선 벚나무 그늘에 으레 몇 동의 캐노피 천막이 들어선다. 천막이 줄지어 뜨문뜨문 진을 치고 있는 날이면, 옛 전쟁터 군막을 보는 듯하다. 아마 그렇게 예닐곱 동의 천막들이 모여 병영의 형세를 갖춘 어느 주말이었을 것이다. 참모 본부를 연상케 하는 통신회사 이동판매소 막사 옆에서 초요기招搖旗 하나가 제법 호기롭게 나부꼈다. 벚꽃이 눈송이처럼 성기게 떨어지는 터라, 마치 내가 겨울에 전운이 감도는 변경의 어느 전선을 지나는 기분마저 들었다. 그 깃발에는 북두칠성 문양 대신 궁서체로 일곱 개의 글자가 날아갈 듯 쓰여 있었다.

'칼 갈아드립니다.'

나도 모르게 미묘한 웃음이 입가에 번졌다. 칼을 간다고? 하긴 전쟁터를 방불케 하는 세상에서 생존경쟁에서 살아남으려면 무뎌진 칼을 자주 벼려야 하겠지. 그런 생각을 하며 무심코 지나치려는데, 중산모를 눌러쓴 채 벚나무 둥치에 몸을 기대고 꾸벅꾸벅 조는 한 노인이 나의 눈길을 사로잡았다. 부국선생이었다. 볼이 약간 패고 잔주름이 가득한 용모임에도 어딘지 모르게 범상치 않은 기운이 느껴졌다. 선생의 달콤한 잠을 방해하지 않으려는 듯, 벚꽃 그늘에 미풍이 어찌나 부드럽게 이는지, 떨어지는 무심한 꽃잎들도 비몽사몽 졸고 있는 선생 주위에 느리고 한가하게 내려앉았다. 팽팽한 긴장감이 느껴지는 병영의 한복판에, 전혀 예상치 못한 평화롭고 아늑한 풍경이었다. 선생의 발치께에는 원형 숫돌, 면포, 펜치, 드라이버, 복조리, 다래나무 쇠코뚜레 등이 담긴 판, 즉 마도국이 펼쳐져 있었고, 선생의 애마로 보이는 낡은 스쿠터도 몇 발짝 떨어진 곳에 세워져 있었다.

어찌 이 신비한 노인에게 관심을 가지지 않을 수 있겠는가. 그날 이후 나는 그곳을 지나칠 때마다 두리번거리지 않을 수 없었다.

선생은 대개 금요일에 나타났다. 물론 나오지 않는 날도 드물지 않았다. 천성이 게으르고 무사태평해서라기보다, 세상 이치를 훤히 꿰고 있는 선생은, 나와도 찾아오는 사람이 없겠기에 그러는 것 같았다. 사실 인근에는 칼을 대체로 사납게 쓰는 식당이나 정육점, 횟집 등이 많지 않아 마도국 주위는 늘 한산했다.

가끔 할머니나 아주머니가 그 앞에 서 있기도 했다. 그럴 때면 지나치지 않고 나도 옆에서 칼 가는 모습을 말없이 지켜보았다. 선생은 칼을 받아든 순간 초벌갈이와 마무리갈이 숫돌을 어느 정도 써야 하는지 직감으로 아는 듯했다. 칼마다 각 숫돌에 머무는 시간이 조금씩 달랐다. 또한 언제나 칼을 부드럽고 조심스럽게 다뤘다. 동작이 군더더기 없이 잘 절제되어 있어서인지 늘 여유가 느껴졌다. 칼을 가는 데는 그리 오래 걸리지 않았다. 서두르지 않고 느릿느릿 가는 것 같은데도 금세 서슬이 퍼런 칼을 몇 가락 내놓았다. 옷도 더럽히는 법이 없었다. 마치고 나서도 언제나 말쑥한 차림 그대로였다. 시퍼렇게 냉기가 흐르는 칼을 고객에게 건네줄 때는 따뜻한 덕담도 잊지 않았다. 늘, "좋은 정 나누오." 했다.

말이 나온 김에 고백하건대 나는 칼을 잘 갈지 못한다. 아내가 갈아달라고 하면 날을 넘기거나 옥갈기 일쑤다. 식칼은 양면을 고루 갈아 날을 느리게 세워야 오래 쓰는데도 성급한 나는 급하게 바짝 세워놓곤 한다. 옥가는 것이다. 그런 칼은 도마질을 몇 번 하고나면 바로 무뎌져버린다. 드물기는 하지만 낫을 갈아본 경험을 앞세워 한 면만 너무 갈아 날이 넘어가버릴 때도 있다. 그러면 날 선이 굽거나 쉽게 이가 빠진다. 지금까지 그렇게 해서 버린 게 도대체 얼마인가?

아내의 불평이 없을 리 있겠는가. 지난 가을에는 고기가 질깃질깃 잘 썰리지 않자 화를 삭이지 못하고 칼로 도마를 몇 번 두드리며 투덜거렸다. 그날따라 이상하게 아내의 핀잔이 비수가 되어 가슴에 박혔다. 내가 보기에도 그것은 칼이 아니라 뭉툭한 도끼 같았다. 내 자신이 한심하게 느껴졌다. 그래, 나는 경쟁이 치열한 이 사회에서 날카롭게 날을 세우고 제대로 싸워본 적이 있는가? 그런 자괴감까지 일었다. 칼 하나 제대로 못 가는 남자, 그 잘난 위인이 바로 나였다.

도저히 안 되겠다 싶었다. 주말이 되자 칼 두 가락을 들고 부국선생을 찾았다. 날을 제대로 바짝 세워봐야 직성이 풀릴 것 같았다. 날을 세우고 세상과 제대로 싸워보고 싶기도 했다. 물론 칼을 새로 구입하고픈 생각은 추호도 없었다.

기온이 떨어져서인지 벚나무 아래에는 천막이 하나도 보이지 않았다. 대신 마늘이나 고구마를 팔거나, 수도꼭지나 방범창을 설치해주는 트럭만 몇 대 들어서 있을 뿐이었다. 이따금 마지못해 시큰둥하게 펄럭이는 깃발을 지키고 앉아 있는 선생이 유난히 쓸쓸해보였다.

칼을 내놓자 그제야 얼굴에 그늘이 걷히며 표정이 밝아졌다. 선생은 무딘 날을 애정 어린 손길로 쓰다듬더니 나를 흘끗 쳐다보았다. '왜 이제야 가져왔소?' 하는 기색이 역력했다. 내놓으면서도 사실 조금 계면쩍었다. 선생은 고개를 끄덕이더니 장갑을 끼고서 이내 숫돌을 돌리기 시작했다.

칼을 가는 모습이 이상하게 정겹고 평화롭게 느껴졌다.

손재봉틀을 돌려 실밥이 터진 곳을 누비는 정경처럼. 초벌갈이 숫돌이 소리 없이 돌아갔다. 날이 뭉툭해서인지 입자가 거친 그 숫돌에 조금 오래 머물렀다. 금세 투박한 날이 느리고 날렵하게 흘렀다.

맑고 예리한 칼이 나오기까지는 채 30분도 걸리지 않았다. 조금 싱거웠다.

잘 갈린 식칼은 푸른 등에 하얀 배를 가진 고등어 같다. 비린내 대신 쇠 냄새를 풍기기는 하지만 그렇게 보인다. 선생은 고등어 한 손을 건네듯 그걸 넘겨주면서 역시 나에게도 잊지 않고 "좋은 정 나누오." 했다.

따뜻한 덕담을 받아들일 준비가 안 되어서였을까, 아니면 당황해서였을까? 순간 그 말이 내겐 조금 낯설게 들렸다. 그래서 멈칫하며 무심결에 반문하듯 의아한 눈으로 선생을 쳐다보았던 것 같다.

나의 심중을 헤아리기라도 한 듯 선생은 온화하게 웃으면서 "어떻게 나누지도 않고 나눌 수 있겠소? 정도 그렇다오." 했다.

내가 칼을 받아들자, 장갑을 벗으면서 중얼거리듯 몇 마디 더 보탰다.

"나누지 않는 칼은 남의 것을 통째로 빼앗을 때 쓴다오. 그렇지 않으면 자신의 뜻에 상대를 굴복시킬 때 쓰거나. 그런 칼은 갈 필요가 없는 거지."

돌아오는 길에 생각해보니 딴은 그랬다. 나눔을 전제하지 않는 어울림이란 있을 수 없었다. 요리할 때 자르고, 썰고, 다지고, 저미는 것도 다 어울림을 고려한 행위였다. 그렇게 요리에 동참한 맛과 재료 들이 서로를 참조하면서 얼마나 놀라운 화음을 빚어내는가. 그러니까 나는 빼앗는 칼, 굴복시키는 칼을 만들어 주길 기대한 셈이었다. 내 자신이 참 초라하게 느껴졌다.

안타깝게도 그날 이후 나는 선생을 뵙지 못했다. 추운 겨울이라 나오지 않겠거니 생각했는데, 봄이 지나고 여름이 되어도 감감무소식이었다.

무슨 변고가 생긴 걸까? 아니면 봉래산에 들어가 버린 것일까?

바람이 전해주지 않는 한 알 길이 없었다.

어쩌면 선생은 마도국이 이제 더 이상 세상에 큰 도움이 되지 않는다고 판단했는지도 모르겠다. 그렇지 않고서야 이렇게 오래 내방하지 않을 수 있겠는가? 기다리다 지친 나는 스스로를 그렇게 설득했다.

그렇다고 낙담하지는 않는다. 누구보다도 세상을 사랑한 선생이 우리를 외면하고 영영 떠났을 리 없기 때문이다. 어느 날 아무런 예고도 없이 선생은 너와 나 사이에 바람처럼 나타날 것이다. 그래, 바람처럼. 마도국이 아닌 이 세상에 진실로 필요한 다른 판을 짊어지고서. 나는 그럴 거라 믿는다. 어쩌면 지금 그걸 준비하고 있는지도. 여전히 경쾌하게 들리는 도마질 소리를 들으면서 내가 선생을 기다리는 이유다.

비둘기

공원에 자리 잡은 아담한 구립도서관에서 창문을 열어두고 책을 읽는다.

얇은 미늘을 여닫는 끈을 좌우에 길게 늘어뜨린 베니션 블라인드가 봄바람에 한가하게 흔들린다. 그때마다 밑 부분에 가로로 잇대놓은 나무 봉이 창틀에 가볍게 부딪히면서 맑고 부드러운 소리를 낸다. 간헐적으로 달가닥거리는 이 소리는, 내가 넘기는 책장에 한적한 리듬감을 부여한다.

주말 오후, 도서관 창가에서의 나의 독서는 평화롭고 편안하다.

비껴드는 볕이 책의 한쪽 면에 반사되어 조금 눈이 부시다. 안경은 벗어서 이미 침묵을 지키는 휴대폰 옆에 놓아두었다. 책의 부드러운 낱장을 넘길 때마다, 바람에 실려 온 은은한 꽃향기가, 사색에 잠긴 몽롱하고 나른한 손가락에 묻어난다.

부국 구구 부국 구구…….

이번에는 비둘기 울음소리가 꿈결처럼 창턱을 넘어온다. 오늘 나의 독서는 세상과 단절되어 있지 않다. 감미로움에 젖은 나의 손가락이 일순 동작을 멈추고 글의 여백에서 울려 퍼지는 그 반향에 귀를 기울인다.

내겐 결코 설지 않은 소리다. 시에서 녹지 비율이 가장 높은 지역에서 사는 터라, 평소에도 거리를 걷다보면 어렵지 않게 들을 수 있으니까. 이곳에는 산비둘기도 심심찮게 눈에 띈다. 높고 날카로운 소음이 가득한 도시에서 소리를 낮춰 조용조용 우는 비둘기, 그 소리를 들을 때마다 나는 무심히 흘러 보내지 않는다. 잠시 하던 일을 멈추고 조용히 경청한다. 아마 지금 도서관 앞에 있는 회화나무에 앉아 울고 있을 것이다.

비둘기는 사회성이 강한 새임에도 고독만은 절대로 남과 공유하는 법이 없다. 홀로 있을 시간이 필요하다고 느끼면, 무리에서 떨어져 나와 저렇게 나무 하나를 독차지하고 앉아 가만가만 운다. 사실 처음에는 짝을 찾는 소리로 생각하고 대수롭지 않게 여겼다. 그런데 산책을 하다보면 사시사철 시도 때도 없이 그 소리가 들렸다. 단지 그 때문만은 아닌 것 같았다.

알다시피 비둘기는 무리지어 광장이나 도로, 빌딩숲, 골목 등 도시 곳곳을 방문하여 평화를 축성하여주고, 시계탑이나 물줄기가 힘차게 솟아오르는 분수대 위 창공을 선회하며 자유의 소중함을 일깨워준다. 도시에서 흔히 볼 수 있는 일상적인 풍경이다. 언제 어디서든 그렇게 두 마리 이상의 비둘기가 어울려 다닌다. 하지만 섬세한 관찰력을 갖춘 이라면, 저렇게 외따로이 앉아 홀로 우는 비둘기도 있다는 걸 어렵지 않게 발견하리라.

비둘기 소리를 듣고 있으면 바쁘게 사는 도시인에게 다정하고 친근한 목소리로 중요한 사실을 일깨워주는 것 같다. 세상과 삶을 제대로 감당하려면 평화와 자유만으로는 부족하니 거기에 고독을 추가해야 한다고. 그러고 보면 비둘기는 고독을 노래하는 시인이고 고독을 꿈꾸는 노래다. 그 찬가가 그치지 않는 걸 보면 그들 세계에서는 고독을 삶의 필수품이나 숭배해야 하는 대상쯤으로 여기는 것 같다.

그래서인지 한 비둘기가 고독에 들었음을 선포하면, 다른 이들은 약속이나 한 듯 그 근처에 얼씬거리지 않는다. 멀찍이 떨어져서 충분히 고독을 향유할 수 있도록 세심하게 배려해준다.

나는 개인적으로 '홀로 있음'과 고독은 다르다고 생각한다. 무엇보다 고독이란 그저 막연하게 주어지는 피동적인 상태가 아니다. 그것은 건축적인 속성을 지녔다. 다시 말해 고독은 '홀로 있음'이란 영토에 자신만의 자치권역을 설정하여 그 안에 견고한 성을 구축하는 일과 같다. 가식과 위선으로 가득 찬 세상에서 잠시 벗어나 그 성에 들어 자신과 온전히 대면하는 것, 그게 고독이 아닌가 한다.

언젠가 나는 재미삼아 한 마리의 비둘기가 포고하는 고독의 영토가 얼마나 넓은지 가늠해본 적이 있다. 소리를 낮춰 조심스럽게 우는데도 그 소리가 의외로 멀리까지 미쳤다. 도시의 일반적인 소음환경을 감안해서 말한다면, 비둘기가 관장하는 그 자치권역은 반경이 40m쯤 되는 것 같았다.

잘 아는 바와 같이 사람이나 사물은 모두 홀로 있다. 그러나 고립된 채로 있지는 않다. 인드라망의 매듭인 보석으로 있으니까. 그러므로 모두는 홀로 있지 않다. 사회는 나를 필요로 하고 나는 사회를 필요로 한다. 가치 있는 삶을 위해서는 관계 속에서 자신의 위치와 무게를 가늠해보고, 동시에 자신의 자리에서 사물들의 빛나는 모습과 자신이 맺고 있는 인연들을 초연히 바라볼 필요가 있다. 이런 일은 고독 속에서만이 가능하다. 그 맑은 눈 앞에서는 사태의 본질이 저절로 드러나게 마련이다. 또한 고독에는 나라는 보석을 더욱 단단하고 빛나게 하여 관계의 망까지도 밝게 활성화하는 힘이 있다. 한마디로 고독은, 활동적인 삶에 반드시 요청되는 사색적인 삶을 지원해준다.

비둘기 울음소리는 낮고 부드럽고 따뜻하다. 그것은 절대와의 합일을 꿈꾸는, 높이와 신성을 지향하는 노래가 아니다. 삼라만상과 더불어 존재하고자 하는 지극히 겸손한 삶과 대지의 노래다. 아니, 어쩌면 비둘기는 신의 뜻을 인간에게 전하려 하늘에서 내려온 천사인지도 모르겠다.

도시에는 "모두가 눈을 위한 것일 뿐 귀를 위한 것은 하나도 없구나." 하고 말한 이는 보들레르일 것이다. 정말 그럴까? 온통 시각적인 것만 있을까? 저 울음소리를 듣다보면 그렇지 않다는 생각이 든다. 쉽게 소음에 묻혀버려서 그렇지, 외려 귀 기울여 들어야 하는 작고 낮은 소리들이 의외로 많다.

비둘기가 밖에서 책 속에서 무엇을 찾으려고 안달하지 말고, 고독이란 평화를 얻으라고 자꾸 속삭인다. 달래고 타이르는 듯한 어조로. 그 복음을 듣고 있자니 가슴이 느꺼워져 더는 자리에 앉아 있을 수 없다. 책을 덮고 밖으로 나와 본다.

역시 예상대로 회화나무에 앉아 울고 있다. 자세히 살펴보니 놀랍게도 집비둘기가 아닌 산비둘기다. 소리의 크기로 판단컨대 아담한 공원 전체를 자신이 다스리는 고독의 영토로 고지하여 놓은 듯. 그 자치구역을 둘러보니 목련, 벚꽃, 조팝꽃, 명자꽃 등이 다투어 피어난다. 삶의 풍요는 고독한 이만 맛볼 수 있다는 말이 맞긴 맞는 모양이다. 이렇게 좋은 날, 그래 나도 꽃 그림자에 어른거리는 비둘기 소리를 밟으며, 한가하게 산보나 해야겠다.

봄꽃 주의보

봄에는 좀더 주의해야 한다.

꽃에 취한 발걸음이 제멋대로 너를 향하지 않도록.

미풍은 서늘하고 하늘은 푸르다.
나는 내게 맡겨진 이 삶을 사랑한다.

_알베르 카뮈

여름

어떤 부름

걷다보면 뒤돌아보고 싶을 때가 있다. 이상하게도 꼭 뒤에서 누가 부른 것만 같다. 그러나 막상 뒤돌아보면 아무도 없다.

지난해 진도 운림산방에 들렀을 때도 그랬다.

그날은 일진이 사나우려고 그랬는지 광주에서 출발할 때 가벼운 감기 기운이 있었다. 시간이 지나면 괜찮아지겠거니 대수롭지 않게 여기고 진도로 향했다. 하지만 그건 오산이었다. 그곳에 도착해 얼마 지나지 않아 머리가 지끈거리기 시작했다. 게다가 서글프게도 부슬비까지 내렸다. 옷이 젖은 데다 오슬오슬 춥고 떨리기까지 했다. 정말이지 이건 아니다 싶었다. 현지답사고 뭐고 다 때려치우고 속히 떠나고 싶은 마음뿐이었다. 결국 읍내에서 택시를 타고 들어올 때 명함을 받아둔 기사에게 전화를 했다.

20분도 안 되어 택시가 주차장에 도착했다. 이미 비는 그친 후였다. 가능한 빨리 벗어나 몸을 씻고 따뜻한 곳에 눕고 싶었다.

차 문을 열고 막 떠나려는데 누가 나를 부르는 것 같았다. 누구지? 뒤돌아보았으나 아무도 없었다.

대신 비로 말끔하게 씻은 첨찰산이 단정한 모습으로 나를 내려다보고 있었다. 웅장하지는 않지만 고결한 기품이 느껴지는 품이 넉넉한 산이었다. 백로 한 마리가 산허리께에서 걷혀가는 비안개를 가로지르며 한가하게 날아갔다.

나는 택시 문을 붙잡고서 놀라운 광경을 그만 넋을 잃고 바라보았다. 아름다운 풍경도 자존심이 상하면 때로 무심히 지나치는 객을 불러 세운다는 것을 알았다.

시 도둑

공원에서 참으로 황당한 일을 겪었다.

가벼운 운동을 끝내고 땀이나 들일까 하고 벤치에 앉아서 지인의 시집을 읽고 있었다. 그런데 난데없이 잠자리가 날아와 내가 펼쳐놓은 시집 위에 앉는 게 아닌가.

어찌 이런 일을 상상이나 했겠는가. 나는 이런 우연에 전혀 대비가 되어 있지 않았다. 불시에 당한 일이라 나도 모르게 움찔 놀랄 수밖에.

그 바람에 기척에 놀란 잠자리가 바로 날아가 버렸다.

찰나지간에 일어난 일이었지만 왠지 아쉬움이 남았다.

시집에서 눈을 떼고 무심코 잠자리가 그리는 궤적을 좇았다. 이상하게도 녀석은 멀리 달아나지 않았다. 내 눈앞에서 몇 번 선회하는가 싶더니, 미련을 떨쳐버릴 수 없었는지, 진로를 바꾸어 다시 내려앉았다.

이번에는 정말이지 꼼짝할 수 없었다.

그때의 기분을 어떻게 말로 설명할 수 있을까? 정신이 다소 얼떨떨했지만 싫지는 않았다. 아무튼 잔뜩 긴장을 하면서도 흥분과 희열에 휩싸였던 것만은 분명하다. 그래, 나를 신뢰한단 말이지? 한없이 너그러워진 나는 녀석을 반갑게 맞아들였다.

잠자리야, 나는 너를 잡을 마음이 전혀 없단다. 안심하고 편히 쉬다 가렴.

하지만 녀석은 자꾸 자세를 고쳐 앉았다. 순진한 나는 녀석의 꿍꿍이속을 전혀 눈치 채지 못했다. 불안하고 자리가 불편해서 그러는 줄만 알았다.

나중에 안 사실이지만, 잠자리는 은밀히 무엇인가를 도모하고 있었다. 배은망덕하게도 나를 전혀 안중에 두고 있지 않았다. 녀석은 종이 위에 쓰인 시를 몹시 탐내고 있었으니까.

몇 번 자리를 바꾸어 앉더니, 시의 실마리를 어렵사리 찾은 녀석은, 여섯 개의 다리로 그걸 꽉 움켜쥐었다. 그리고 잽싸게 날아올랐다. 그러자 종위 위에 쓰인 시가 마치 털실이 풀리듯 허공으로 순식간에 풀려났다.

화들짝 놀란 나는 엉겁결에 소리를 질렀다.

도둑이야! 시 도둑이야!

시를 훔친 녀석은 고맙다는 인사는커녕 뒤돌아보지도 않고 산사나무 너머로 재빨리 줄행랑을 놓았다. 내가 대단히 잊기 쉬운 존재여서 어떤 양심의 가책도 느끼지 않는다는 듯이.

맙소사, 백주대낮에 눈을 빤히 뜨고 도둑을 맞다니!

졸지에 시 한 편을 잃어버린 나는 황당무계하고 얼떨떨해서 한동안 할 말을 잊었다. 그저 녀석이 사라진 허공만 멍하니 바라볼 수밖에.

괜히 지인에게 미안한 마음이 들었다. 정성들여 써놓은 시를 방심으로 잃어버렸으니.

그런데 정신을 가다듬고 나서 차분히 생각해보니 꼭 내 잘못만도 아닌 것 같았다. 알다시피 좋은 시일수록 휘발성이 강하다. 그런데도 시인은 끝에 마침표를 찍어 시를 그곳에 매어 놓지 않았다. 시인의 부주의도 한몫했다는 말이다.

무심코 시가 사라진 백지를 살펴보았다.

세상에, 어찌나 눈이 부신지 백지를 똑바로 바라볼 수가 없었다.

너에게 가는 길

너에게 가는 길이 멀다. 나에게 가는 길도 멀다. 그래도 어쩔 수 없다. 한 걸음 한 걸음 다가가는 수밖에. 나의 더딘 발걸음을 용서해다오.

만남

너는 너의 속도로 가고, 나는 나의 속도로 간다.

때로 너는 너의 속도로 오고, 나는 나의 속도로 간다. 만남이란, 서로 다른 속도들의 교차, 그 엇갈림의, 한 순간만을 의미하는 게 아니다.

흘러가는 구름처럼 자신의 발걸음에 취하는 것, 그것은

반성 없는 일상이라는 보법이지. 뿔 달린 짐승들은 뿔뿔이 제 갈 길을 가고, 바람을 품은 낙엽들은 산지사방으로 흩어져. 강물은 흘러갈수록 깊고 고요해지지. 그림자 없는 고양이는 광장을 건너지 않아. 뒤돌아보는 것은 뒤통수가 절벽이기 때문이야. 발걸음의 주인만이 자신의 발소리에 귀 기울이지.

너는 너의 속도로 가고, 나는 나의 속도로 온다.

때로 너는 너의 속도로 오고, 나도 나의 속도로 온다. 만남이란, 그렇게 서로 다르게 와서, 너의 속도도 나의 속도도 아닌,

이인삼각二人三脚,

둘만의 속도, 둘만의 리듬을 찾아가는 놀라운 기적이지.

동행 1

스패니얼 두 마리를 데리고 나온 노부부가 오늘도 산책로 옆 제방에서 잡초를 뽑는다. 지자체에서 하천을 정비하면서 물가를 따라 산책로를 내고 제방도 단정하게 다듬어서 잔디를 심어놓았는데, 비가 오고 나면 잡초가 무성하게

올라온다. 특히 환삼덩굴 순이 어찌나 끈질기게 돋아나는지, 아무리 뽑아내도 끝이 없다.

노부부는 몇 걸음 걷다가 제방에 들어 풀을 뽑는다. 앉아서 한 곳의 잡초를 말끔하게 제거하는 게 아니라, 가다가 두서없이 여기저기 솎아주는 식이다. 봉사활동을 하는 건지, 아니면 다른 목적이 있어 그러는 건지, 도무지 감을 잡을 수 없어, 한번은 지나가다 여쭤본 적이 있다.

"환삼덩굴을 약으로 쓰실 건가요? 어디에 효험이 있나요?"

하지만 예상과 달리 노부인이 들려준 답은 의외로 싱거웠다.

"이대로 두면 여길 다 덮어버릴 것 같아서요."

내가 가까이 다가가도 노부부는 등을 보인 채 여전히 잡초를 뽑고 있다. 새삼스럽게 정색하고 인사를 드리기도 뭐해서 그냥 지나치려는데, 오늘따라 털이 빠지고 등의 살갗이 군데군데 헌 스패니얼이 한 마리가 나의 눈길을 끈다. 왜 그동안 이 개를 눈여겨보지 않았을까? 자세히 살펴보니 혀를 내밀고 헐떡이며 가쁜 숨을 몰아쉬고 있다. 비루먹은 듯한 몰골로 앉아서 전혀 움직이려고 하지 않는다. 다른 녀석도 털에 윤기가 없다. 두 녀석 모두 맑고 기품 있는 노부부의 자태와는 전혀 어울리지 않은 모습이다.

반환점을 돌아오니 노부인이 자리를 옮기려고 제방에서 내려오다 나를 발견하고는 밝게 웃는다. 인사를 드리지 않을 수 없다.

"이 녀석은 나이를 많이 먹었나 봐요. 힘이 없어서인지 앉아서 꼼짝하지 않네요?"

노부인은 안쓰러운지 고개를 끄덕이기만 할 뿐 말이 없다. 바깥어르신이 몇 번 망설이다가 손에 든 풀을 길가에 내려놓으며 대신 답을 한다.

"그래요. 올해로 나이가 열여덟 살이랍니다. 보통 스패니얼은 오래 살아야 십사 년 정도인데, 이 녀석은 무려 사 년이나 더 살았어요. 이제 하루가 다르게 기력이 떨어지는 것 같아요. 집에 가면 노상 잠만 자요. 저 녀석은 새끼인데, 쟤도 이젠 늙은이가 다 되었잖아요."

"세상에, 열여덟 살이나 먹었다고요?"

그제야 모든 게 확연해진다. 노부부가 왜 산책을 하면서 잡초를 뽑는지 알 것 같다. 필경 늙은 개와 보조를 맞추려고 그러는 것이리라.

이 년 후, 나는 자원봉사자들이 정성스레 가꾸어놓아, 수레국화, 달리아, 개양귀비, 패랭이, 개망초 등의 꽃들이 다투어 피는 제방 위로, 늙은 개를 품에 안고 산책하는 노부부를 두 번쯤 보게 될 것이다.

동행 2

어디를 가든 남편을 먼저 보낸 할머니가 있게 마련이다. 예전에는 이런 할머니를 만나면 인사치레로 이렇게 묻곤 했다.

"할머니, 홀로 사시니 적적하지 않으세요?"

그러면 으레 이런 답이 돌아왔다.

"그 양반이 올해로 나이가 91세여. 어쩔 거여. 사는 데까지 살아야지."

그러니까 말인즉슨 먼저 간 할아버지를 여전히 옆에 두고 산다는 뜻이다.

진정한 동행이란 이런 게 아닐까? 빈자리까지도 채워주며 생명이 다하는 날까지 함께하는 것. 하지만 시대가 변해서인지 이런 할머니들이 갈수록 줄어드는 것 같다.

너에게 가는 길

내가 기억을 소유하고 있는 게 아니라, 기억이 나를 소유하고 있지. 삶이 시간을 소유하고 있는 게 아니라, 시간이 삶을 소유하고 있어. 기억이 나를 붙잡고 있고, 시간이 내 삶을 지탱하고 있는 한, 나는 걸을 수 있어. 너에게로 갈 수 있어. 아무리 먼 곳에 네가 있다 할지라도.

너에게 갈 거야. 한 걸음 한 걸음 오로지 걸어서 갈 거야. 차나 버스를 타고 가지는 않겠어. 성급한 나로 네 앞에 서기보다 과정에 충실한 나로 서고 싶어. 지름길로만 갈 수 없다는 것도, 때로 길을 잃으리란 것도 잘 알아. 그래도 더디지만 꾸준한 나로 갈 거야. 소박하지만 진실한 노래로 가겠어. 아니, 매 걸음마다 오로지 너로 갈 거야. 너의 노래로 가겠어. 삶과 길이 끝나는 곳에 위대한 사랑이 기다리고 있다는 걸 나는 굳게 믿으니까.

진정한 사랑

너는 내 허물만 보는 것 같아. 설마 트집을 잡으려는 건 아니겠지? 제발 그러지 마. 나도 알아. 내가 완벽하지 않다는 걸. 허물 위에 심지어 흠까지 남기며 사니까.

나는 밤마다 허물을 벗어. 헐벗은 나를 벗어. 어제의 나이면서 동시에 새롭게 태어난 오늘의 나로 산다는 게 얼마나 힘든지 알아? 아마 너는 모를 거야. 밤마다 겪는 이 끔찍한 아픔을. 긴긴밤이 정말이지 지긋지긋해. 나는 고통스럽게 신음을 삼켜.

허물을 벗는 사람들은 경험으로 알아. 존재가 얼마나 쓰라린지, 세상이 얼마나 추운지, 산다는 게 얼마나 외롭고 쓸쓸한 일인지.

그렇다고 너의 허물로 나의 허물을 덮어주려 하지는 말아. 그건 동정이지 사랑이 아니야. 사랑은 그렇게 하는 게 아니야.

비루하고 비루한 게 삶인 것 같아. 부끄럽게도 나는 허물을 남기며 예까지 왔어. 늘 허물을 벗으며 살았으니까. 하지만 안타깝게도 한 번도 순수한 알몸에는 이르지 못했어. 아무리 벗어도 여전히 허물이 감싸고 있으니. 나는 알몸이 되지 못하는 알몸으로 살아.

그렇다고 제발 나를 외면하지 마. 부탁이야. 나는 춥고 외로워. 그리고 아파. 똑바로 나의 진면목을 직시해줘. 허물 속에는 언제나 변하지 않는 내가 있어. 벗고 또 벗어도 변함 없이 내 안에서 출현하는 고유한 이름이 있어. 화사花蛇처럼 눈부신 이름이 있어. 그 이름을 불러줘.

허물을 허물로 덮는 것은 사랑이 아니야. 사랑은 그렇게 하는 게 아니야. 근원을 알 수 없는 까마득한 과거에서 와서 끝 모를 미래에 가 닿는, 다시 말해 영원을 관통하는 이름으로 하는 거지. 우리 모두는 이 세상에 고유한 이름으로 왔어. 진정한 사랑은, 서로의 근본 이름이 만나는 신비롭고 놀라운 경험이야.

오늘 밤도 나는 허물을 벗어. 몇 꺼풀의 달빛을 벗어. 춥고 외로워. 쓰라리고 아파. 나는 내 이름 안에 거주할 거야. 나로 존재할 거야.

어서 와서 내 이름을 불러줘. 부탁이야. 너의 이름으로 내 이름을 깨워줘. 너와 세상에, 영원에서 샘솟는 나로, 그 불멸의 이름으로 응답하겠어. 사랑하고 사랑받겠어, 나는.

고요의 눈, 태풍

태풍이 올라오고 있어서인지 날씨가 후텁지근하다. 일기예보에 의하면 이번 태풍 곤파스는, 서해상으로 올라오다 강화도 부근에서 내륙 쪽으로 방향으로 틀어, 동해상으로 빠져나갈 거라 한다. 태안반도를 지난 지도 꽤 되었다.

아내는 점심으로 콩국수를 준비하고 있다.

나는 베란다가 나가 새시 문을 꼼꼼하게 점검한다. 하늘을 보니 반쯤 덮고 있는 구름이 동북쪽으로 빠르게 이동하고 있다. 곧 태풍의 영향권에 들 거라는 예감이 든다. 문을 꼭 잠그고 덜컹거리지 않도록 몇 군데 테이프를 붙여 보강해 놓는다. 그러고 나서 빨래 건조대에서 수건을 걷어 거실로 돌아온다.

아내는 주방에서 한소끔 끓인 국수 가락을 석자로 건져서, 철철 흘러내리는 수돗물에 돌려가며 씻는다. 쏟아지는 수돗물이 눈부시게 빛난다. 그게 끝나면 정수기에서 미리 받아놓은 냉수에 넣고 헹굴 것이다. 그래야 면발이 꾸들꾸들해지므로.

애들은 저녁 무렵에야 돌아올 것이다. 둘만이 있어서인지 유난히 조용하게 느껴진다. 누구나 그렇듯 아내도 밖에서는 다양한 이름으로 불린다. 집에서도 며느리, 엄마, 아내, 이모란 역할을 해야 한다. 하지만 국숫발을 씻는 아내의 모습에서, 이름이나 나이, 지위, 예의범절 따위와는 조금도 상관없는, 오직 한 사람의 인간만을 본다. 아내는 고요함 속에 자신을 온전히 드러내고 있다. 주방 덧창으로 비껴드는 햇살이 아내의 실루엣을 더욱 또렷하게 부각시킨다.

거실 바닥에 앉아 목수건을 갠다. 바짝 마른 무명의 가슬가슬한 촉감이 좋다. 올 사이마다 햇살 기포들이 배어 있는 듯하다. 그래서인지 더 하얗고 깨끗해 보인다. 먼저 길이를 반으로 접은 다음 그걸 다시 반으로 접는다. 방향을 90도 돌려 그 길이를 삼등분으로 나누어 접어 마무리한다. 이는 아내가 개는 방식을 따른 것이다. 이와 달리 나는 길이가 아닌 폭을 반으로 접으면서 시작하는 게 손에 익어 편하다. 하지만 내 방식대로 하지 않는다. 물론 어떻게 하든 크기나 모양은 비슷하게 나온다.

반듯하게 갠 수건들을 일인용 소파에 차곡차곡 쌓아두고서 식탁으로 간다. 식탁 위에는 콩물이 든 볼 하나와 큰 사발 둘이 놓여 있다. 사발에 콩물을 옮겨 붓고 냉장고에서 얼음을 꺼내 그 위에 띄운다.

아내는 삶은 면을 어레미에 담아, 물이 바닥에 떨어지지 않도록 그걸 양푼에 받쳐 온다. 식감을 고려해 콩국수에는 늘 발이 조금 굵은 중면을 사용한다. 사발을 들여다보더니 콩물을 너무 많이 부어놓았다고 투덜거린다.

아직도 우린 서로를 부르는 데 어설프다. 적당히 얼버무리기 일쑤다. 서구인들처럼 똑 부러지게 '당신'이라고 부르면 분명하고 간단할 텐데, 이상하게도 그게 쉽지 않다. 그렇다고 우리만 그러는 것 같지는 않다. 사정은 다른 부부도 마찬가지인 것 같다. 왜 그럴까? 부부는 서로 많은 걸 분유하고 있어 그런 게 아닌가 싶다. 그러니까 '나'에 많은 '너'가 들어 있고, '너'에도 많은 '나'가 들어 있는 관계라는 말이다. 그러니 남을 대하듯 어찌 쉽게 '당신'이라고, 다시 말해

'너'라고 부를 수 있겠는가. 이항대립에 의거해 변별성을 강조하는 이 '너'라는 기호가 왠지 거북하고 불편하게 느껴지는 것이다. 아내는 나의 도움이 필요할 때면 큰애를 매개로 하여 부른다. 누구 아빠, 이런 식으로. 큰애는 둘이 창조한 작품이니, 정확히 아내와 나의 중간에 해당한다고 볼 수 있겠다. "콩물을 너무 많이 부었잖아요." 하고 말을 할 때도 무의식적으로 그런 주어를 염두에 두었을 것이다. 하지만 겉으로 드러나지 않아 나로서는 알 수 없다.

아내는 각자의 그릇에 면을 나누어 넣고, 잘게 썬 오이채를 그 위에 얹는다. 마지막으로 함초 소금으로 간을 맞춘다.

아내가 가끔 내놓는 콩국수는 나를 실망을 시키는 법이 없다. 오늘도 역시 맛이 일품이다. 나는 후룩후룩 국수 가락을 넘기다가, 이 특별한 맛의 근원을 헤아려보려고 주의를 집중해본다. 갈증을 해소해주는 시원한 국물, 입 안 가득 번지는 고소한 볶은 콩 냄새, 쫄깃한 식감이 느껴지는 면발, 혀에 풍부한 여운을 남기는 함초 소금……. 모두 잘 절제되고 균형이 잡혀 있다. 종합적으로 판단하건대 이 감탄스러운 맛은 어떤 한 가지 재료에서 오는 것 같지는 않다.

도시 밖에서 먼 우레 소리가 들린다. 순간 실내 공기가 불안하게 흔들린다. 아내와 나는 국수 가락을 입에 물고서 서로의 얼굴을 쳐다본다.

하지만 이내 평온을 되찾는다. 각자 말없이 콩국수를 떠먹는다. 이제는 경험으로 잘 안다. 모든 게 가지런히 정돈되어 단조롭고 지루하게 느껴질 즈음, 으레 태풍이 불어오게 마련이라는 걸. 그게 날씨든 일상이든 사랑이든. 때로 그 태풍이 삶에 활력을 불어넣기도 한다.

다시 우레 소리가 들려온다. 이번에는 창문이 가볍게 흔들린다. 더 가까이에서 우레가 터진 것 같다. 아내는 오이향을 입 안 가득 머금은 채, 초롱초롱한 눈으로 나를 다시 쳐다본다.

피로

나른하고 몽롱하다. 어젯밤에 잠을 제대로 자지 못한 탓이다.

오후 10시 반에 잠들어 새벽 두 시경에 깼다. 뒤척이다 세 시가 넘어서 다시 잠이 들었다. 자다가 방광이 터질 것 같아 5시 20분에 일어나 화장실에 갔고, 돌아와 다시 깜빡 여원잠에 빠졌다. 6시에 맞춰놓은 휴대폰 알람 소리를 듣고 깨어나 기상을 했다. 그런데 그게 끝이 아니었다. 아침을 먹고 다시 잠에 빠졌으니까.

삶을 꿈의 영역으로 옮겨놓은 걸까? 잠과 잠 사이에 존재하는 흐릿한 삶이 이상하게 꿈만 같다. 현실감이 전혀 없다. 꿈으로 살고 소중한 삶으로는 그저 자는 것 같다.

피로는 삶과 꿈, 밤과 낮, 의식과 무의식의 경계를 지운다. 그저 흐릿하고 나른하게 한다.

어느 오후의 평화

대화할 때 서로 암묵적으로 인식하고 있는 대상이나 사물은 보통 문장에서 생략한다. 정황으로 알 수 있다면 주어나 목적어는 굳이 언급하지 않는다. 그렇지 않고 애써 완전한 문장으로 말을 계속하면 오히려 대화가 껄끄러워진다. 우리말의 중요한 특징이다.

점심을 먹다가 아내가 묻는다.

"부쳤어요?"

역시 문장의 주요 성분을 생략해버린다. 말하지 않아도 내가 미루어 짐작할 거란 의미이다. 아내가 묻는 내용을 반듯한 문장으로 재구성해 보면, '오늘 군에 있는 큰애에게 소포를 부쳤어요?'쯤 되겠다. 오늘이나 큰애, 소포 등은 서로 묵인하는 것이므로 굳이 들먹일 필요가 없다는 말이다. 결국 궁금한, '부쳤어요?'라는 동사만 남겨 놓는다. 덧없이 사라지는 행위, 즉 부치는 것을 직접 보지 못했으므로 나에게 그걸 확인하고 싶은 거다. 편안한 사람과의 대화에서는 이렇게 생략되는 낱말이 많다.

"그럼."

나도 짧게 대답한다.

그것을 끝으로 식탁에서 오가는 말이 없다. 아내는 더는 묻지 않는다. 궁금한 게 없는 모양이다. 긴 침묵이 이어진다. 우린 각자 묵묵히 밥을 떠먹는다. 티비를 시청하지 않아서인지 집 안이 더 조용한 것 같다.

하지만 이 침묵의 내용은 무관심이나 불화가 조성하는 것과는 전혀 질이 다르다. 이를테면 이런 것이다. 우린 이미 서로의 존재를 기꺼운 마음으로 인정하였다. 그러므로 새삼 서로에 대해서 의구심을 품을 필요가 없다. 더불어 오늘 함께하지는 못했지만, 각자 어떤 행위를 하였더라도 이제 그것까지, 지금은 사라져버린 그것까지 기꺼이 다 수용한다. 그러니 무슨 말이 더 필요하겠는가. 우리의 침묵에는 깊은 신뢰가 깃들어 있다.

식사를 마치고 나자 아내가 커피를 내 놓는다. 더치커피다.

나는 더치커피가 좋다. 오늘처럼 날씨가 더운 날에는 특히. 원두를 갈아 향이 날아가지 않게 찬물로 내리는데, 방울방울 떨어지므로 보통 12시간쯤 걸린다. 그걸 다시 냉장고에서 사나흘 숙성해 두었다가 마신다. 슬로 커피인 셈이다. 준비하는 데 번거로운 면이 있지만, 어느 때든 바로 맛볼 수 있다는 장점이 있다. 원액에 찬물을 알맞게 붓고 얼음을 살짝 띄워 마시면 되니까.

정갈하게 가라앉은 맛과 그 맛에 은은하게 조응하는 향이 심신을 편안하게 한다.

나는 이런 단조로운 일상에 불만이 없다. 어쩌면 늘 바라는 것인지도. 끊임없이 반복되는 이런 평범한 일상은 벗어나야 할 답답한 감옥이 아니라, 다듬고 손보면서 나날이 새롭게 구축해야 할 삶의 안식처다. 우리의 삶에는 얼마나 많은 우연과 무질서가 개입하는가. 우리의 일상은 사회라는 바다에 불안하게 떠 있는 배와 같다. 늘 부유하면서 흔들린다. 폭풍우나 예기치 않은 기관 고장으로, 의지와 무관하게 침몰한 배도 살면서 여럿 봤다. 평범하고 단조로운 일상, 그것은 거저 얻어지는 게 아니다. 노역과 애정 어린 실천을 요구한다. 그것은 기적 같은 성취다.

"어때요?"

다시 아내가 묻는다. 커피 맛이 어떠냐는 거다. 이번에는 질문의 방향이 아까와는 조금 다르다. 행위가 아닌 느낌을 묻고 있으므로. 하지만 그것 역시 덧없이 사라지는 것이다.

"아주 우아해."

내 느낌을 말해준다. 결코 과장법을 쓴 게 아니다. 품위가 있다는 말을 덧붙이려다 그만둔다.

왜 우리는 늘 보이지 않는 것, 덧없이 사라지는 것을 부단히 확인하는 걸까? 삶을 추동하는 힘은 이런 덧없는 것에서 발원하는 것이 아닐까? 동사나 형용사를 대화에서 생략하지 않고 끝까지 남겨두는 것은(우리말에서 술어는 특별한 경우가 아니면 잘 생략하지 않는다), 덧없이 사라져버리는 이런 것이 인생에서 의미 있기 때문이 아닐까?

생각해보면 딴은 그렇다. 선물을 받은 아내가 감동하는 것은 늘 선물 자체가 아니라 정성을 담뿍 담아 건네는 나의 행위였다. 그때마다 아내는 자신의 느낌을 표현하는 데 인색하지 않았다. "고마워요.", "어머, 너무 예뻐요!" 물론 그런 아내의 반응 역시 내가 간절히 기대하는 것이었다.

맛이 들뜨지 않는, 찬물 속에서 잘 발효된 커피를 마시며 생각한다.

우린 지금까지 비교적 조용히 흘러왔다. 상대의 존재를 아무런 의구심 없이 받아들이며, 서로가 묵인하는 사물에 둘러싸여, 이렇게 덧없이 사라지는 것을 확인하고 표현하면서. 이런 걸 사랑이라고 말할 수 있을까? 워낙 짐짐하고 싱거워서. 사랑이라 부르자니 왠지 쑥스러운 느낌마저 든다. 그렇다고 사랑이 아니라고 단언하지도 못하겠다. 아무튼 그것만으로는 우리의 관계를 다 담아내지 못한다는 말이다. 사랑, 그것은 우리 부부에게 다소 거추장스러운 감정이다. 철 지난 옷같이. 우린 이미 새로운 계절에 있다. 그러고 보니 아르튀르 랭보는 사랑은 재발명되어야만 한다고 말했다.

독서 일기

좋은 책

좋은 책은 불필요한 부분이 전혀 없다. 활자는 의미를 전달하고 여백은 무한한 몽상의 세계로 이끈다.

어떤 우연

전에 티베트 불교를 주제로 쓴 에릭 엠마누엘 슈미트의 소설 『밀라레파』를 읽다보니, 불을 놓고 주고받는 대화가 내 마음을 사로잡았다. 문장의 산뜻한 리듬감을 타고 전해오는 매혹적인 내용이 더 이상 책장을 넘길 수 없게 만들었다.

이윽고 친구가 성냥 하나를 집어 들더니 불을 붙였습니다. 불꽃이 확 피어오르더군요. 친구는 내 눈 앞에서 성냥을 흔들어댔습니다.

"난 말이지, 오직 과학만 믿는다네. 물리와 화학만으로 모든 것을 설명할 수 있어. 자, 이 불이 어디서 왔는지 말해보겠나?"

친구는 날 놀리고 있었어요. 분명 날 놀리고 있었지요.

난 성냥을 뺏어들고는 후 하고 입김을 불어 불을 껐습니다.

"자, 자네가 나한테 불이 어디로 갔는지 말해주면, 나도 자네에게 불이 어디에서 왔는지 말해주겠네."

오늘 선가禪家의 공안집公案集을 들춰보았다. 묘하게도 한 공안이 기시감을 불러일으켰다. 꼭 전에 읽은 적이 있는 것 같았다. 어디에서 보았을까? 하지만 쉽게 떠오르지 않았다. 책을 덮고 한참 골똘히 생각한 후에야 그 까닭을 알게 되었다. 그 공안을 소개하면 이렇다.

석두石頭 스님이 땅에 동그라미 하나를 그려놓고 만공선사에게 "온 세상 모든 큰스님들이 왜 이 안에 못 들어갑니까?" 하

고 묻자, 만공 선사는 "왜 온 세상 모든 큰스님들이 그 안에서
못 나오는가?" 라고 했다.

위 두 사례의 대화 주체는 공통점이 거의 없다. 시대와
환경은 물론, 주체가 추구하는 가치관도 다르다. 그런데도
어쩜 이리도 대화의 어법이 유사할까? 나는 놀라지 않을 수
없었다.

즐거워서 한번 웃었다.

웃음

웃음은, 무미건조하고 차가운 감정의 벽에, 전혀 엉뚱한
딱성냥을 그었을 때 발생하는 불꽃이다. 그 접점에서 웃음
이 터진다.

한 사람의 감정이 기후가 다른 사람의 기분에 영향을 미
친다는 것을 우리는 경험으로 잘 안다. 나의 일기가 쾌청하
면 상대의 기분도 더불어 좋아진다. 고통을 극복하지 못하
고 울음 섞인 표정을 드러내 보이면, 금방 상대의 얼굴도 어
두워진다. 아내가 물기에 젖은 부드럽고 맑은 눈으로 쳐다

보면, 나 역시 까닭 없이 슬퍼진다. 함께 일하던 동료가 권태를 이기지 못해, 손으로 입을 막으며 하품을 몰아치듯 해대면, 누구라도 일이 손에 잡히지 않을 것이다.

웃음이야말로 찰나지간에 분위기를 일신하는 힘이 있다. 소나기가 지나간 뒤 눈부시게 쏟아져 내리는 햇살처럼. 무겁고 어두운 분위기를 깨뜨리며 누군가가 예고도 없이 재치 있는 말 한마디를 툭 던졌을 때 어떤 일이 일어나는가. 약속이라도 한 듯 모두가 동시에 웃음을 터뜨리는, 정말이지 믿기 힘든 놀라운 기적이 일어난다.

사물과 언어

사물은 웃기지 않는다. 또한 누구도 사물을 보고 웃지 않는다.

하지만 낙원에서 사물은 방긋방긋 웃었고, 아담 또한 그런 사물에 웃음으로 답했다. 그렇지 않았다면 어찌 낙원일 수 있겠는가. 알다시피 낙원에서 아담이 행한 일 가운데 하나는 언어를 창조하는, 즉 모든 생물과 사물에 이름을 붙이는 것이었다. 그의 말은 곧장 사물의 핵심에 가 닿았다. 그가 호명하면, 사물들은 본질을 스스로 드러내면서 깊은 잠에서 깨어났다. 사물과 이름은 서로 교환될 수 있는 것이었다. 낙원에서 인간과 사물은 완전한 소통이 가능했다. 인간이 관물觀物하면 사물 역시 반관反觀했다. 그렇게 거울처럼 서로를 비췄다. 사물은 거기 있다는 사실만으로 명명 자체가 되었다. 그러나 낙원에서 추방된 이후에는 더는 그렇지 않아서, 이름이 사물로부터 분리되고 말았다. 사물과 인간은 서로를 보며 웃을 일이 없어진 것이다. 언어와 사물은 필연적인 관계에서 벗어나 따로 놀게 되었다. 동일한 꿈을 꾸던 그 둘은 서로 떨어져 자신만의 꿈을 추구했다. 귀가 먹은 사물은 부름에 냉담해졌고, 언어는 그저 사물을 멀리서 막연하게 지시하는 데 머물렀다. 그러고 보면 낙원의 신화는 인간의 타락에 대한 기록일 뿐 아니라 언어의 타락에 대한 기록이기도 하다.

천사의 깃펜

서양에서는 예로부터 쓰기보다는 말하기를 중요시했다. 여러 요인이 있겠지만 무엇보다도 말하기는 주체의 현전을 전제하기 때문일 것이다. 하지만 문자가 창조되기 전인 신화시대에도 쓰기가 성행했다는 것을 아는 사람은 많지 않다. 신화를 상상력이 아닌 역사적 관점에서 이해하려 드는 이라면, 누구라도 그걸 인정하지 않을 것이다.

알다시피 신화시대에는 천사들이 나팔을 불며 자주 하늘을 오르내렸다. 그래서 간혹 천사의 날개에서 깃털이 빠져 떨어지기도 했다. 사람들은 그것을 주워서 깃펜을 만들어 썼는데, 위계가 높은 천사의 날개에서 떨어진 것일수록 깃펜의 성능도 뛰어났다. 그들은 지혜의 열매에 맺힌 이슬에 흑암의 밤을 풀어서 잉크를 만들어 놓고, 어떤 간절한 생각이 떠오르면 그것을 찍어 허공에 표현했다. 가령 풍경을 떠올리면 풍경이 써지고 어머니를 떠올리면 어머니가 써졌다. 음식을 떠올리면 고유한 향과 맛을 지닌 음식이 깃펜 끝에서 되살아났다. 문자가 없어도 쓰는 데 전혀 불편을 느끼지 않았다.

"창힐이 글자를 만드니 하늘에서 곡식비가 내리고, 귀신들이 밤에 통곡을 했다(蒼頡作書 而天雨粟 鬼夜哭)."고 한『회남자淮南子』의 기록은 결코 과장이 아니다.

표현

"글은 말을 완전하게 전달할 수 없고, 말은 의미를 완전하게 전달할 수 없다(書不盡言, 言不盡意)."고 하였다. 표현이나 묘사에는 늘 좌절과 패배감이 따른다. 대상은 개별적인 실체이나 말은 표상 체계로 이루어져 있어 보편적인 것이다. 세상에 무수히 널린 돌들은 개체 간에 차이가 있음에도 오직 '돌'이라는 하나의 표상으로 표현된다. '달리다'라는 동사도 마찬가지다. 사람마다 달리는 모습에 미묘한 차이가 있지만, '달리다'라는 하나의 표상에 귀속될 뿐이다. 나는 아름다운 노을 앞에 서면 언제나 절망을 느낀다. 내가 본 바로 그 노을을 언어로 정확히 표현할 재간이 없기 때문에. 노리끼리하고 불그스름하고 푸르스름하고 검누렇고……. 아, 숨이 차! 표현하려고 하면 이렇게 형용사를 끝없이 나열해야 한다. 하지만 아무리 애를 써도 결국 내가 본 특정한 노을이 아닌, 누구나 봤을 법한 보편적인 노을로 환원되어 버린다. 이렇듯 세계와 언어 사이에는 극복하기 어려운 불화가 있다. 언제나 언어는 개별 사물에 스며들지 못하고 그 주변에서만 서성거린다. 시인은 그 간극을 메워보려 분투

하지만 늘 그 결과가 만족스럽지 않다. 그저 끙끙댈 뿐이다.

시인

깃털은 아무리 가벼워도 결국 지상으로 떨어지고 만다. 추락하지 않고 하늘에서 언제까지나 떠다니는 깃털은 없다. 새는 그런 떨어지는 재료를 이용해 하늘을 난다.

시인에게 깃털은 언어다. 시인은 일상에서 굴러다니는 언어를 그러모아 날개를 만든다.

침묵

살다보면 굳이 말이 필요 없을 때가 있다.

몽테뉴는 아브데라Abdera의 사신이 스파르타의 왕 아기스Agis를 알현한 일화를 들려준다.

사신은 아기스 왕에게 장황하게 말을 늘어놓고 나서, 본국으로 돌아가 국왕에게 전해줄 회답을 내려달라고 간청한다. 그러자 왕이 이렇게 대답한다.

"나는 한 마디도 하지 않았고 그대가 무슨 말이든 하고 싶은 대로 하게 내버려두었다고만 전하게."

모든 침묵은 언어를 전제한다. 언어가 없는 곳에는 침묵도 없다. 언어의 무無가 침묵이 아니라, 언어의 휴지가 침묵이다. 침묵은 언어 안에 있다. 아니, 언어가 침묵 안에 있다.

몽테뉴는 이렇게 덧붙인다.

"그 대답이야말로 웅변처럼 지적인 침묵이 아닌가?"

글쓰기

의식하는 것은 아니지만, 나는 장르가 모호한 글쓰기를 좋아한다. 지금까지 그래 왔던 것 같다. 당연히 각 장르별로 등단하는 데는 그다지 흥미가 없다. 가끔 그래야 하지 않을까 마음이 흔들릴 때도 있지만. 나의 이런 글쓰기 특성을 독일어 '디히텐dichten'이란 한 단어로 나타낼 수 있을 것 같다. dichten은 넓게는 모든 문학작품을 쓰는 것을 의미한다. 수필을 쓰는 것도, 시를 쓰는 것도, 소설을 쓰는 것도 다 dichten이다. 그렇다고 기분 내키는 대로 쓰는 안이한 글이라고 단정하면 곤란하다. 좁게는 시를 쓰는 것을 뜻하니까. 시인을 '디히터dichter'라고 한다는 점을 유의하자. 합리성과 보편성을 추구하면서도, 나 아닌 것에 내가 선택되는 떨림이나 어떤 가락, 어떤 리듬에 실린 도취 같은 게 있는 글쓰기다.

필적

나의 일기에 봄바람이 부나 보다. 필적을 살펴보니 문장의 진행방향으로 한결같이 글자들이 약간 기울어져 있다. 왼쪽에서 오른쪽으로 부는 탁월풍이 글자를 쓰다듬고 있는 듯. 일기 한가운데 풍향계를 꽂아 놓으면 부단히 까불대면서도 대체로 한 방향을 지시할 것이다. 탁월풍 또는 항풍으로 불리는 것은, 종잡을 수 없는 변덕 속에서도 거칠게나마 유지되는 일관성이 있기 때문이다.

어렸을 때 보았던 언덕 위의 보리밭이 떠오른다. 봄이 되면 이랑을 따라 푸른 물결이 넘실거렸다. 밭둑 언저리에서는 흑염소가 아지랑이를 호물호물 뜯어먹었고. 어디 그뿐인가. 노고지리도 청보리밭에서 하늘 높이 솟아오르며 노래 불렀다. 지금 생각해보니 그곳은 할머니의 일기장이었다.

왜일까? 나는 글자들이 바람에 어지럽게 비틀거리는 필

체로, 즉 난필로 일기를 쓰는 반면, 할머니는 푸른 활자活字
들이 바람을 타면서 춤을 추는 생동감 넘치는 필체로, 즉 달
필로 쓰셨다는 생각이 드는 것은.

삶

호메로스와 헤시오도스는 무사 여신들에게서 시인의 권
한을 부여받았다. 근대 소설가들에게 권한을 부여한 것은
허구성이었다. 그럼 수필가의 지위를 보증해주는 것은 무
엇일까? 이를테면 든든한 백 같은 것은?

그것은 바로 삶이다.

수필가는 글쓰기에 앞서 삶에 헌신해야 한다. 삶을 가꾸
어야 한다. 내가 일기를 쓰는 이유는 보다 나은 삶을 추구하
기 위해서다. 나는 삶의 대가가 아니다. 삶은 결코 마스터할
수 없다. 나는 매일 겸허한 마음으로 내 삶을 꼼꼼하게 읽으
며 자성의 거울을 닦는다.

유크로니아

나는 밤잠이 없는 편에 속한다. 40대 후반까지만 해도 전형적인 올빼미 족이었다. 자정을 넘어선 '24시에서 26시'까지의 시간을 특히 좋아했다. '0시에서 2시'라고 하지 않고 굳이 '24시에서 26시'라고 한 것은 이 시간에 대한 나의 특별한 애정과 인식을 반영하고 싶어서다.

한마디로 이 시간은 내게 유크로니아(Uchronia, 理想時)[*]였

....

[*] 유크로니아Uchronia
부정을 나타내는 접두사 'u'와 시간을 의미하는 'chronos'가 합쳐진 조어이다. 유토피아Utopia가 공간에 있는 이상향이라면, 유크로니아는 시간에 있는 이상향이다. 그래서 이상시理想時라고 한다. 이 용어는 1876년 프랑스 철학자 샤를 르누비에Charles Renouvier가 자신의 소설 제목으로 처음 사용하였다.

다. 나는 전날에 속해 있으면서 동시에 그 바깥에 있었다. 그렇다고 다음날에 있지도 않았다. 나는 시계가 주관하는 시간 밖에 있었고 그 시간에 몸담고 있는 내 자신 밖에 있었다. 심지어 새날의 시간은 이와는 무관하게 별도로 흐른다고 생각했다.

보통 이 시간에 무언가를 끼적거리고, 그리고, 분해하고, 조립하고, 만들고, 수선했다. 책을 읽거나 일과 관련된 어떤 주제를 놓고 골똘히 생각에 잠기기도 했다. 책상 위에는 늘 책, 노트, 연필, 칼, 지우개, 자, 스케치북 등이 어수선하게 놓여 있었다. 때로 확대경이나 작은 공구함이 추가되기도 했다. 황홀한 도취 속에서 꿈과 신비의 조각들을 만지작거리며 보냈다.

이제 와서 생각해보니 이 시간을 '창조의 시간' 또는 '작가의 시간'이라고 불러도 좋을 성싶다. 사실 예술가나 발명가의 삶의 지도, 즉 시간의 지도에는, 의식하지 않아서 그렇지 유크로니아가 늘 잠재해 있다. 작가들이 도대체 언제 작업을 시작해서 언제 끝낼까? 이런 의문을 품어본 적이 없는가? 나는 개인적으로 훌륭한 작품이야말로 전적으로 유크로니아 산물이라고 굳게 믿고 있다.

그러니 굳이 어디엔가 있다고 여겨지는 유토피아Utopia를 찾아 멀리까지 나설 필요가 있겠는가. 유토피아는 삶을 평화롭고 안락하게 할지는 몰라도 풍요롭게 하지는 않는다. 게다가 아무리 노력해도 그곳에 들어가기가 하늘에서 별 따기만큼이나 어렵다. 삶과 예술을 사랑하는 이에게 둘 중 어느 쪽이 좋은가 하고 묻는 것은 우문에 불과할 뿐이다. 선택의 여지가 없으므로. 사실 풍요로운 삶을 위해서 누구든 자주 유크로니아에 들 필요가 있다.

유크로니아Uchronia는 말 그대로 '없는u' 시간chronos이면서 '좋은eu'—'eu'는 그리스어로 'u'와 발음이 같다—시간이다. 집중과 몰입이 이 시간을 여는 황금 열쇠다. 예술가나 발명가는 보통 자신도 모르는 사이에 이 시간에 든다. 사람마다 들고나는 시간대가 다른 걸 보면 생체리듬과도 밀접한 관계가 있는 것 같다.

진정한 유크로니아는 시계의 시간 바깥에 별도로 존재한다. 당연히 몰입해 있는 동안에는 시계의 시간을 조금도 소비하지 않는다. 요컨대 깨어나면 어떤 불연속도 없이 시계의 시간을 이어간다는 말이다. 세간에 떠도는 말에 따르면, 천사 의사로 알려진, 프란체스코회 수도사이자 철학자인 생 보나방튀르는, 죽은 뒤에도 회고록을 계속 썼다고 한다. 죽음과 동시에 유크로니아에 드는 특권을 부여받지 않았다면, 어찌 그런 일이 가능하겠는가. 『무덤 저편의 회상』을 쓴 샤토브리앙이 부러워할 만했다. 소설이기는 하나, 이상의 「종생기」도 화자가 사후에 쓴 것이다.

50세가 넘어서면서 잠이 점점 옅어지고 짧아지더니 급기야 일찍 자고 일찍 일어나는 아침 형 인간으로 바뀌었다. 새벽에 깨어날 때마다 전혀 다른 세계에 와 있는 것처럼 낯설고 어색했다. 책을 읽거나 글을 써도 도무지 능률이 오르지 않았다. 혼란스러운 몸이 바뀐 리듬에 쉽게 적응하지 못했다. 무기력하게 누워 뒤척이다 아침을 맞는 게 다반사였다. 삶에서 가장 소중한 세계를 잃어버린 것처럼 아쉽고 허전했다.

지난해 말부터 가까스로 예전 리듬을 되찾았다. 여러 시도를 해보고 나서 몸이 그래도 이전 상태가 내게 잘 맞는다고 결론을 내렸는지도 모르겠다. 그렇다고 깊고 맑은 잠을 자게 된 것은 아니다. 단지 신체 리듬만 바뀌었을 뿐이다. 삶의 지형이 예전 상태로 바뀜에 따라 이제는 자연스레 유크로니아에 들고날 수 있게 되었다. 얼마나 다행한 일인지 모르겠다.

민들레 꽃밥

　집에서 멀지 않은 들에 나갔다가 빛깔이 하도 고와 민들레꽃을 여남은 송이를 땄다. 집에 돌아오니 아무도 없어 썰렁했다.

　혼자 밥을 먹으려니 왠지 처량한 생각이 들었다. 물에 만 밥에 민들레꽃을 몇 송이 올렸다.

뒤돌아보다

단조롭게 반복되는 일상이 지겹고 답답하게 느껴질 때가 있다. 그럴 때면 여행을 떠나기도 하지만, 주로 바람을 쐬러 자전거를 타고 한강 쪽으로 나간다. 넓은 김포평야를 건너야 하므로 다소 힘이 들어도 삶의 활력을 되찾는 데는 이만한 게 없다.

바람을 가르며 가다보면, 어느 순간 세상일에 초연해지고, 머릿속에 어수선한 생각들이 저절로 정리된다. 이런 효과는 나중에 과하거나 부족하지 않게 행동하도록 동기를 부여해준다. 이렇듯 건강은 물론 조화로운 삶을 추구하는 데 도움이 되니, 그저 나비수집과 같은 취미 정도로 생각할 수만은 없다.

같은 자전거를 타는데도 들에서는 몸이 도시에서와는 전혀 다르게 반응한다. 시끌벅적한 도시에서는 거치적거리는 게 얼마나 많은가. 보도 위에서 먹이를 찾는 비둘기 떼, 과일이나 옷가지를 어지럽게 벌여 놓은 노점, 쇼핑백을 들고 닥스훈트를 끌고 가는 말쑥한 차림의 미시족, 울퉁불퉁한 노면, 융통성이라고는 눈곱만큼도 없는 신호체계, 무질서하게 주차된 차 등…. 도시는 보이지 않는 법과 권력이 지배하는 공간이라서 준수해야 할 게 많다. 하지만 들길에서는 간간이 트럭이 뒤에서 경적을 울려대기는 하지만, 그다지 신경을 쓸 일이 없다. 바퀴살이 돌아가는 소리를 들으며 가다보면, 심신이 저절로 이완된다.

내가 다니는 길은 늘 정해져 있다. 아파트단지를 빠져나와 하천 둑을 타고 가다가, 서울외곽순환도로 밑을 통과해 과수원을 끼고 돌아서면, 바로 광활한 들이 나온다. 그 들의 중심을 가르며 한강 쪽으로 이차선 도로가 곧장 뻗어 있는데, 당산길이라 불린다. 그 길로 계속 올라가면 아라뱃길 운하가 나오고, 더 올라가면 한강에 닿는다. 가는 길에 당미마을과 고촌읍을 거친다.

당산길에 접어들면 번잡한 도시를 벗어난 게 실감이 난

다. 툭 트인 전망, 물실크처럼 온몸에 착 감겨오는 바람, 눈부시게 쏟아져 내리는 햇살…. 하지만 풍경이 지극히 단조로워 볼 만한 게 별로 없다. 그래서 나도 모르게 일종의 가수假睡 상태에 빠지게 된다. 평온한 나의 안쪽에서는 사소한 기억의 풍경이, 나의 바깥쪽에서는 단조로운 들의 풍경이 조용히 흘러간다.

물론 비몽사몽 그렇게 가다가 깜짝 놀라 깨어날 때도 있다. 벚꽃이 지고나면 수로를 따라 한강에서 불그스름한 잉어들이 올라와 산란을 한다. 암컷이 수컷 몇 마리를 달고 다니는데, 수컷들이 수정을 하면서 얼마나 요란하게 꼬리지느러미를 흔들어대는지, 길 옆 수로에서 물소리가 질탕하게 들린다. 예기치 않게 부들이나 갈대 사이에서 붉은 부리가 빛나는 쇠물닭이 눈에 띄기도 한다. 하지만 특별한 일이 없는 한 외면과 내면의 조화는 가까스로 유지된다.

당미마을을 지나면 이런 균형은 보다 극적인 상태로 상승한다. 비록 발로는 바퀴살을 굴리지만, 안장에 얹힌 상체는 더욱 고요해진다. 한가하고 꾸준한 움직임 속에 조성되는 평정심, 동과 정의 기묘한 조화, 이게 자전거가 주는 가장 큰 매력이 아닌가 한다. 그런 평형 상태에 도달하면 나는 과거에 있지 않으며 그렇다고 미래에도 있지도 않다. 안장 위에 앉아 있는 나는 이미 목적지에 도달해 있다. 진정한 나, 충만한 현재에 안착해 있다.

얼마 지나지 않아 노정의 중간 정도에 위치한 다리에 닿는다. 밑으로 부천 상동을 끼고 흘러온 굴포천이 흐르는데, 하류 쪽에서 아라뱃길에 합류한다. 다리 위에 서면 굴포천의 수량을 조절하는 보가 빤히 내려다보인다. 이 보는 물을 제어하는 방식이 매우 특이하다. 물막이 댐으로 거대한 고무 튜브가 설치되어 있는데, 그 안에 공기를 불어넣거나 빼냄으로써 간단하게 하천에 들고 나는 수량을 조절한다. 제방에는 초소가 서 있고, 그 바로 옆에 세워둔 장대 끝에는 확성기가 둘이나 붙어 있다. 물론 한강 수계를 관리하는 수자원공사에서 설치해놓은 것이다. 나는 자전거에서 내려 이곳에서 잠깐 휴식을 취한다.

지난여름 이 다리 위에서 맞았던 극적인 순간을 아직도 잊을 수 없다.

그날은 집에서 출발할 때부터 일기가 심상치 않았다. 아니나다를까 당산길에 접어든 지 얼마 지나지 않아, 잠깐 하늘이 어두워지는가 싶더니, 등 뒤에서 요란하게 우레가 터졌다. 하지만 앞쪽 하늘은 맑고 푸르러 비가 올 기미가 전혀 보이지 않았다. 거짓말처럼 말짱했다. 다소 불안하기는 하였지만 앞으로 나아가는 수밖에 도리가 없었다. 그러니까 이상한 날씨가 나를 자꾸 앞으로만 내몬 셈이었다. 그렇게 쫓기듯 달려서 이 다리에 닿았다.

늘 그래왔듯 휴식을 취하려고 자전거에서 내렸다. 그날 따라 가야할 길이 막막해 보였고 한강이 유난히 멀게 느껴졌다. 돌아가는 길에 비가 내리면 어쩌나 하는 일말의 걱정도 앞섰다. 난간에 기대어 숨을 돌리고 있는데, 확성기에서 요란하게 사이렌 소리가 울려 퍼지는가 싶더니, 안내방송이 흘러나왔다. 10분 후에 보를 트겠으니 아래쪽에 있는 피서객이나 낚시꾼은 지체하지 말고 대피해달라는 내용이었다. 상류 쪽에 비가 내려서 갑자기 수량이 불어날 것에 대비하는 듯했다. 사람들이 서둘러 텐트를 걷고 파라솔을 접고 주섬주섬 낚시도구를 챙기기 시작했다. 나는 다리 위에서 생수를 들이켜며 그들이 부산스레 움직이는 모습을 말없이 내려다보았다.

땀이 식을 즈음에야 자리를 털고 일어났다. 어차피 가지 않으면 안 될 길이었다. 마음을 다잡고 발로 자전거 주차 레

버를 힘차게 올렸다. 그런데 불안해서인지 뒤쪽의 기상 상태가 신경이 쓰였다. 출발하려다가 무심코 뒤돌아보았다.

지나온 길이 아스라하게 펼쳐져 있고, 지평선 부근에 떠나온 도시의 빌딩들이 희미하게 보였다. 이미 그쪽 하늘은 맑게 개어 있었다. 아, 그런데 놀랍게도 들의 끝 부근의 허공에 거대한 무지개가 걸려 있지 않는가!

참으로 선명하고 아름다운 무지개였다. 나는 자전거 핸들을 잡고 서서 길이 선사하는 놀라운 광경을 경이롭게 바라보았다. 전혀 예상하지 못한 일이었다. 등 뒤에서도 무지개가 뜬다는 걸 그날 처음으로 깨달았다.

돌이켜보면 젊었을 때 무지개는 늘 내 앞에서 나를 유혹했다. 그것은 꿈이었고 희망이었다. 그것을 잡으려고 얼마나 초조해하고 안달이 났던가. 하지만 먼 길을 지나오니 비로소 알 것 같았다. 무지개는 꼭 앞쪽에만 뜨는 게 아니라 뒤쪽에도 뜬다는 사실을. 그것도 짙은 안개가 걷힌 후나 한바탕 소나기가 퍼붓고 난 후에.

가슴이 벅차오르는 감동에 자리를 뜨지 못하고 지나온 길 위에 뜬 무지개를 넋을 놓고 바라보았다.

매미 한적

느티나무 아래에서는 이방인이 없다.
그늘이 있는 이여, 어서 들게.

비

밤이 이슥해지자 머츰했던 장맛비가 다시 지짐거린다. 소리 없이 내리는 가랑비를 맞으며 거리의 차들이 조용히 흘러간다. 젖은 보도에 어른거리는 불빛을 밟으며 집으로 향하던 나는, 파리바게트 앞을 지나다 예기치 않은 광경에 발걸음을 멈춘다.

빵집 불빛이 환하게 내비치는데, 그 앞에서 부자로 보이는 두 사람이, 펴지 않은 우산을 옆에 놓고, 비를 맞으며 한쪽에 앉아 있다. 물론 빵집 문 위에는 장식용 푸른 차양이 펼쳐져 있긴 하다. 그러나 그 위치가 높고 폭이 좁아 비바람이 들치면 속절없이 젖을 수밖에 없다. 분위기로 보아 내리는 비는 그들이 당면한 문제에 비하면 무시해도 될 만큼 대수롭지 않은 것인 듯. 새마을 모자처럼 생긴 챙이 긴 모자를 쓴, 목 주위의 피부가 붉고 얼굴에서 고달픈 삶이 읽히는 나이든 남자 옆에, 엷은 갈색으로 파마머리를 한 20대 초반쯤으로 보이는 남자가 울고 있다. 양 다리 사이에 머리를 깊게 묻고서. 외모로 보아 왠지 반항심이 강한 젊은이 같다. 비는 내리고 젊은이는 어깨를 들먹이며 울고 있는데, 아빠는 옆에서 차분하고 따뜻한 목소리로 어르고 달랜다. 무슨 사연이 있기에 주위의 시선도 아랑곳하지 않고, 저렇게 삶의 애달픔을 대책 없이 노출하는 걸까?

대조적으로 빵집 내부 풍경은 따뜻하고 아늑하게 느껴진다. 벽에 붙은 메뉴판을 뒤에 두고, 카운터에 고독하게 서 있는 남자와, 커피머신 앞에서 앞치마를 두르고 커피를 내리는 여종업원이 보인다. 가운데 진열장에는 노릇노릇하게 잘 구워진 베이글, 페스츄리, 크로와상, 애플파이, 기리쉬, 카스텔라, 붓세, 소보로, 쉬폰 등이 휘황한 불빛에 빛난다. 샴페인, 와인, 잼 등도 창 쪽 장식장 위에 깔끔하게 진열되어 있고, 그 아래 선반에는 다양한 종류의 케이크가 놓여있다. 쟁반과 집게를 들고 빵을 고르는 아주머니, 테이블을 사이에 두고 앉아 빵을 음미하며 잡담에 빠져 있는 모녀도 눈에 띈다. 모두 흠잡을 데 없이 완벽한 도시의 리듬에 취해 있다. 스크린 도어 안쪽에서는 젊은이의 흐느낌도 빗소리도 들리지 않을 것이다.

녹음이 짙은 회화나무 가로수에서 불규칙적으로 떨어지는 굵은 물방울이 나의 우산에 뚝뚝 듣는다. 동시에 살 끝에서 방울방울 끊임없이 떨어져 내리는 빗방울……

설득하는 데 서툰 아빠는 투박한 손으로 아들의 등을 가만가만 다독여준다. 안타깝고 애처로워 보이지만, 그렇다고 동정을 받을 만큼 그들의 삶이 결코 허술해 보이지는 않는다. 그들의 슬픔은, 그리고 삶은, 그 자체로 완벽하다. 내가 섣불리 참견할 수 없는 것도 그 때문이다.

그 부자를 뒤에 두고 집으로 향한다.

신호를 기다리는 동안에도 여전히 가는 비가 내 우산을 적신다. 갈 길 바쁜 차들이 젖은 노면 위를 무섭게 질주하는데, 버스 한 대가 물을 튀기며 내 앞을 지나 가까이에 있는 승강장으로 진입한다. 비가 들치지 않게, 내 옷이 슬픔에 젖지 않게, 우산을 조금 낮추며, 삶이 참 아름답구나, 하고 성급한 결론을 내리고 말았는데, 동의하듯 마침 파란불이 켜진다.

횡단보도에 발을 들여 놓으려다 못내 뒤가 켕겨 나도 모르게 뒤돌아본다. 비는 하염없이 내리고, 젊은이는 여전히 아빠 곁에서 들먹이는데, 빵집의 따뜻한 불빛이 그들의 모습을 영사하여 여전히 무심한 세상에 상영하고 있다.

도브 타임Dove Time
_불멸의 삶에 관한 시론

오후, 오크통에서 잘 숙성된 황금빛 화이트 와인과 같은 햇살이, 포도와 건물유리창을 물들일 무렵이 되면, 도시의 거리 어디에서도 비둘기들이 눈에 띄지 않는다. 마치 약속이라도 한 듯, 감쪽같이, 그래 홀연히, 자취를 감춘다.

계절에 따라 다소 차이가 나나, 이런 일은 저녁이라 하기에는 조금 이른, 오후 네 시 반이 넘어선 매우 수상쩍은 시간에 일어난다. 특정할 수는 없지만 낮과 밤이 교차하기 직전, 그러니까 여전히 밝은 빛이 충만하나 머지않아 임박할 어둠으로 인해 왠지 불안하고 불길하게 여겨지는 때인 것만은 분명하다. 비둘기들이 종적을 감추고 나서도 그 사실을 바로 알아차리지 못하는 것은, 너무나 자연스럽게 일어나는 일인 데다, 여전히 그들이 거리를 배회하고 있는 것 같은 느낌이 한동안 사물마다에 아른거리기 때문일 것이다.

비둘기는 주야가 바뀌는 시간을 '**사전에**' 정확히 알고 본능적으로 피하는 것 같다. 혼란스럽고 미심쩍은 시간에 활동하고 싶지 않아서일 것이다. 이는 비둘기가 공간에서뿐 아니라 시간에서도 자신의 위치를 정확히 감지하는 능력을 갖추고 있음을 의미한다. 그렇지 않고서야 어떻게 일시에 도시의 모든 거리에서 감쪽같이 철수해버릴 수 있겠는가. 당연히 아침에도 비둘기는 이 시간대를 피해서 활동을 시작한다. 하지만 이때는 주야가 교체되기 직전이 아닌 직후에, 다시 말해 동이 튼 직후에 어둑어둑한 거리로 나온다. 많은 종류의 식물들이 어슴푸레한 빛 속에서 꽃봉오리를 터뜨리는 시간이기도 하다.

사실, 주야가 갈리는 이 순간이야말로 하루의 비의가 드러나는 불가사의한 시간이다. 시간의 허술한 틈으로 영원이 슬그머니 자신의 얼굴을 내밀기 때문이다. 나는 이 신비한 시간을, 더 나아가 일상을 지배하는 시간 밖에서 이 세계를 기웃거리는 영원의 다양한 모습들을, '**도브 타임**Dove Time'이라고 명명하고 싶다. 비둘기만이 언제 영원이 출현

할지 그 시간의 좌표를 정확히 감지한다고 여겨지기 때문이다.

그렇다면 비둘기가 한사코 피하려 드는 이 도브 타임에 도대체 어떤 일이 일어날까?

나는 주말 늦은 오후에 모친을 뵙고 집으로 돌아가는 옥타브라는 사내를 잠깐 따라가 볼 참이다. 그는 모친이 사는 구시가지의 좁은 주택가 골목을 빠져나와 자신의 차를 주차해둔 성당을 향해 걷고 있다. 날씨가 더워 재킷을 벗어 한쪽 팔에 걸치고서. 떡집, 이발소, 복덕방, 문구점, 분식집을 지나 막 중학교 담에 면한 길로 접어들었다. 바람이 불 때마다 낮은 담 위의 철망을 타고 오르는 인동덩굴에서 꽃향기가 은은하게 풍겨온다. 그는 비염을 오래 앓은 적이 있어 코가 예민하지 못하다. 그런데도 어찌된 영문인지 내밀하고 달콤한 인동꽃 향기가 어떤 손실도 없이, 그래 온전히, 그의 감각에 고스란히 스며든다. 그윽한 충일감으로 그의 존재는 한껏 고양된다. 옥타브는 그 순간 뭐랄까, 자신의 몸이 답답한 삶에서 벗어난 것 같은 해방감을 느낀다. 걷는 속도를 늦추는 건 인동꽃 향기 속에 가능한 오래 머물고 싶어서다. 그가 느릿느릿 자신의 그림자를 끌면서 담의 중간쯤에 이르렀을 때, 낯선 여인이 중학교 모퉁이를 돌아 환한 빛 속에 운명처럼 나타난다. 그녀의 이름은 멜로디다. 역광 때문에 그녀의 관능적인 실루엣이 또렷이 드러나지만, 얼굴에 그늘이 져서 표정을 읽을 수 없다. 옥타브는 곧 맞게 될 자신의 운명을 알지 못하고 멜로디 역시 마찬가지다. 그는, 그리고 그녀는, 자신들이 얼마나 먼 길과 먼 시간을 지나쳐 이곳에 왔는지 알지 못한다. 중학교 선생일까? 옥타브는 그럴지도 모른다고 생각한다. 하지만 더는 그의 호기심을 자극하지 못한다. 그는 인동꽃 향기에 취해 있고 자신의 존재에 취해 있다. 그렇게 몽롱한 의식으로 전신주 하나를 지나친다. 그녀와의 거리가 가까워질수록 알 수 없는 압박감이 밀려든다. 그녀를 몇 발짝 앞에 두고서야 옥타브는 비로소 거부할 수 없는 그녀의 존재를 의식하기 시작한다. 멜로디 역시 사정은 크게 다르지 않다. 그를 향해 다가갈수록 자신의 운명에 도래하는 어떤 불확실성 때문에 까닭없이 불안하다. 점점 발걸음이 무거워지며 걷는 속도가 느려진다. 옥타브를 몇 발짝 앞에 두고서야 멜로디 또한 겨우 그를 쳐다볼 용기를 얻는다. 그렇게 그들은 서로 스쳐 지나치지 못하고 상대를 똑바로 바라보고 만다. 시선이 마주치자 그들은 마비된 듯 그 자리에 그대로 얼어붙는다. 꼼짝하지 못한다. 이상하게도 그 순간 자신들의 운명이 일말의 의구심도 없이 단번에 이해된다. 몇 생에 걸쳐 계속되고 있는 질긴 인연이 투명하게 보인다. 마치 시간의 빛 아래 서 있기라도 한 듯. 그들은 이 만남이 우연을 가장한 필연이라는 걸 깨닫는다. 멜로디의 맑은 얼굴에는 엷은 슬픔이 번지고, 반대로 옥타브의 얼굴에는 기쁨이 어른거리기 시작한다. 하지만 표출되는 양상만 다를 뿐 그 뿌리는 결국 같은 것이다. 점점 그들의 얼굴이 밝아진다. 멜로디는 옥타브의 기쁜 표정에서 한없는 슬픔을 읽고, 옥타브는 멜로디의 슬픈 표정에서 한없는 기쁨을 읽는다. 한 생을 어렵게 건너와 마주한 그들은, 서로를 보며 참으로 기쁘게, 아니 슬프게 웃는다.

도대체 왜 이런 일들이 발생하는 걸까? 그것은 그들이 부지불식간에 도브 타임에 들었기 때문이다. 영원 속에서는 감각과 이해력이 전혀 다르게 작동한다. 그러므로 전혀 이상한 일들이 아니다. 도브 타임에서는 영원으로 지각하고 영원으로 깨닫게 되므로 지극히 자연스런 일들이다. 자신의 운명을 알지 못하는 건 현재라는 매우 좁은 시공간에 갇혀 있기 때문이다. 영원을 배음에 두면 모든 의미와 수수

께끼, 신비, 비밀은 스스로를 드러낸다. 모든 게 자명해진다.

그러나 애석하게도 우린 이 시간에 경험한 일을 온전히 기억하지 못한다. 우린 이미 완성된 단어와 구문 그리고 문법으로 이루어진 시간의 랑그 체계가 지배권을 행사하는 세계에서 살고 있다. 초나 분, 시간, 하루 등으로 분절되고, 주기에 따라 순환하면서 한쪽 방향으로만 흐르는, 확고하게 굳어진 체계 말이다. 하지만 이는 완벽한 게 아니다. 시시때때로 허술한 틈과 결함을 드러내기 때문이다. 순수한 시간, 곧 영원은 그렇게 헐거워지고 느슨해진 틈새로 예기치 않게 솟아오른다. 영원의 이런 파토스적 분출은, 다시 말해 시적 발화는, 정돈된 시간 체계를 동요시키며 전혀 새로운 세계를 출현시킨다. 그러니까 도브 타임은 우리의 일상을 지배하는 시간과는 형식이 전혀 다르다는 말이다. 우리가 도브 타임에 일어난 일을 온전히 기억하지 못하는 건 이 때문이다. 영원이라는 순수한 시간은 연대기적 시간의 기호망에 갇히지 않는다. 비주체적인 시간은 감각의 시간, 곧 주체적 시간에 구속되지 않는다. 체계를 흔들며 넘쳐흐를 뿐이다. 망각의 강은 삶과 죽음 사이에서만 흐르는 게 아니다. 형식이 다른 시간의 경계가 곧 레테다.

그렇다고 우린 이 시간에 일어난 일을 완전히 망각해버리지는 않는다. 정신이 아닌 몸이 희미하게나마 기억을 간직하고 있기 때문이다. 옥타브와 멜로디는 주야가 완전히 바뀌면, 다시 말해 시간의 확고한 랑그 체계가 일상을 다시 지배하게 되면, 자신 앞에 서 있는 낯선 상대를 보고 흠칫 놀라게 될 것이다. 아찔한 현기증을 느낄지도 모른다. 그들은 잠시 멈칫거리다가, 본의 아니게 앞을 막게 되었음을 인정이라도 하듯, 가볍게 고개를 끄덕여 보이고는 아무 일 없다는 듯이 제 길을 갈 것이다. 하지만 멀어지면서도 의구심을 떨쳐버리지 못하리라. 상대를 왠지 잘 알고 있는 것 같은 느낌, 어디에선가 본 적이 있는 것 같은 느낌이 들 것이다. 결국 옥타브와 멜로디는 가던 걸음을 멈추고 뒤돌아보게 될 것이다. 그렇다. 기시감은 몸의 기억이다.

혹자는 이 지점에서 의문을 제기할지도 모르겠다. 몸이 아닌 정신이 기억하는 경우도 있다고 말이다. 물론 부정하지는 않겠다. 하지만 이는 조금 다른 얘기다. 혼란을 피하기 위해 이 경우를 짚고 넘어갈 필요성을 느낀다. '계시'가 그런 예에 속할 수 있다. 계시를 주는 주체는 영원 곧 신이다.

계시는 절대자와의 만남, 그러니까 절대적 경험을 뜻한다. 신에게서 선택받은 선지자는 계시의 메신저로 볼 수 있다. 이는 선지자가 서로 체계가 다른 시간의 경계에서 번역을 해주는 존재임을 의미한다. 만약 보통 사람이 계시를 받아 그 내용을 생생하게 기억한다면, 그것은 자애로운 신이 그의 시간 형식에 맞게 메시지를 변환해서 전해주었기 때문일 것이다.

이제 우리는 주야가 바뀌는 순간에 드러나는 시간의 허술한 틈에 주의를 기울일 때가 되었다. 도브 타임의 특성을 파악하는 데 대단히 중요하기 때문이다. 이는 하루 중에서도 아주 특별한, 그러니까 '**결정적인**' 순간이라고 말할 수 있을 것이다. 우주의 운행과 관련된 거대한 시간에 속하지만 말이다. 사실 의식하지 않아서 그렇지 일상에서도 우린 이런 작은 결정적인 순간을 드물지 않게 맞는다. 모든 순간은 잠재적으로는 결정적인 순간이 될 수 있다고 해도 과언이 아니다. 그렇다면 도대체 순간이 어떤 특성을 갖기에 도브 타임의 통로가 될 수 있는 걸까?

먼저 순간에 대한 우리말의 어의를 살펴보면, '눈을 깜박이는(瞬) 사이(間)'를 뜻한다. 독일어의 경우에도 아우겐

블리크Augenblick, 곧 '눈Auge에 비친 한 장면Blick'이니 우리와 크게 다르지 않음을 알 수 있다. 이는 순간이, 공간과 시간, 이 두 요소가 만나는 결절점임을 시사한다. 그러므로 이 지점에서 시간은 공간으로 치환될 수 있다. 요컨대 시간이 공간과 등가를 이루므로 더는 진행되지 못하고 한 장면으로 고정된다는 말이다. 순간이 '영원의 통로'가 될 수 있는 이유다. 그래서일까? 순간에 대한 철학적 사유를 처음으로 개진한 플라톤도, 순간이 운동과 정지 사이에 있지만, 시간적 연장이 없다는 점에 주목하여, '장소를 갖지 않는 기이한 것', 곧 아토폰atopon으로 표현한다. 요컨대 크로노스 시간 바깥에 있는 시간이라는 말이다.

그렇다면 시간의 흐름을 완전히 잊어버리는 황홀지경, 시간과 장소를 떠나 어디에도 속하지 않는 것 같은 아토폰 상태, 곧 영원에 드는 도브 타임에는 어떤 게 있을까? 영원의 다양한 발화 양상을 살펴보는 것도 의미가 있을 것 같다.

황홀지경이나 아토폰 상태는 한마디로 이상시理想時인 유크로니아Uchronia에 들었음을 의미한다. 유토피아가 공간에 있는 이상향이라면, 유크로니아는 시간에 있는 이상향이다. 중세 신비주의자이라면 이런 시간을 '영원한 현재

nunc acternitatis'라고 부를 것이다. 이는 모든 시간과 공간에 현재하는 신이 스스로를 칭하는 'I AM'과 깊은 관련이 있다. 신성과의 합일과 관련하여 에크하르트의 '영혼의 불꽃 scintilla animae'도 기억해둘 만하다. 장자는 고요히 앉아 세상을 잊고 자신도 잊는 물아일체의 순간을 일러 '좌망坐忘'이라 했다. 기독교에서는 흘러가는 양적인 시간을 '크로노스 chronos'라고 하고 질적인 순간을 '카이로스kairos'라고 한다. 카이로스는 신이 개입하는 시간, 한 번 밖에 일어나지 않지만 모든 것을 변화시키는 결정적인 시간이다. 그렇다면 문학에서 도브 타임은 어떤 게 있을까? 그것은 소위 '시적 순간'으로 드러난다. 바슐라르는 「시적 순간과 형이상학적 순간」이라는 에세이에서 '포에지의 시간'에 대해 언급한다. 산문, 설명된 사상, 체험된 사랑, 사회생활, 일상생활 등과 같이 계기적으로 연결된 '수평적 시간'과 달리, 포에지의 시간은 높이와 깊이를 지닌 시간, 곧 '수직적 시간'이다. 이는 전 우주의 비전과, 하나의 혼의 비밀, 존재의 비밀, 그리고 여러 대상의 비밀이 동시에 드러나는, 순간이 품고 있는 형이상학적 시간이다. 제임스 조이스가 말한 '에피파니'도 빼놓을 수 없다. 에피파니는 신적인 것이 출현하는 순간이나 진리를 깨닫는 순간을 뜻한다. 발터 벤야민의 '세속적 계시profane Erleuchlung의 순간'과 크게 다르지 않다.

진정한 삶은 불멸로 사는 것이다. 그러기 위해서는 무엇보다도 고독 속에서 자신만의 도브 타임을 여는 기술이 필요하다. 불멸은 영원에 자신을 기입함으로써 성취되기 때문이다. 이는 예술과 뗄 수 없는 관계에 있음을 의미한다. 일상의 한 순간을, 신이나 영원이 개입하는 순간으로 만드는 게 곧 예술이기 때문이다. 물론 여기서 말하는 예술은, 사물로 작품을 창조하는 것뿐 아니라, 삶과 자신을 작품으로 창조하는 것도 포함한다. 이는 예술, 곧 '아트art'의 어원에서도 잘 드러난다. 종교학자인 배철현에 따르면, 아트는 오래된 유럽어 어근 '르타rta'에서 유래했는데, 힌두교 베다에 등장하는 르타는, "우주와 그 안에 존재하는 삼라만상의 작동을 지배하고 조절하는 자연 질서의 원칙"을 뜻한다고 한다. 다시 말해 '아트'란 시공간에 갇혀 있는 유한한 인간이 그것을 초월해 자신에게 주어진 최선을 선택하고 추구해 '영원'을 만들려는 솜씨이며, 이것을 추구하는 자를 '아티스트'라고 일컫는다는 것이다. 결국 불멸의 삶의 핵심은, 견고한 시간의 랑그 체계의 그물망에 붙잡혀 살면서도, 어

떻게 그 안에서 자신만의 도브 타임을 여느냐에 달려 있다
고 하겠다.

하일서정夏日敍情

　며칠 전 친구가 난이 그려진 합죽선 두 자루를 보냈다. 관지의 아호를 보니, 세상에, 친구 자당께서 그린 작품이다. 두 자루를 보낸 것은 부부용이란 의미일 것이다.

　호암湖巖 문일평(文一平, 1888~1936) 선생의 『화하만필花下漫筆』에 다음과 같은 난에 관한 글이 보인다.

　난은 꽃이 적고 향기가 짙다. 향문십리香聞十里, 즉 향기가 십리에 이른다고 하는 말이 한문 투의 턱없는 과장만은 아니다.

이재현의 『역옹패설』에 나오는 글도 소개하고 있다.

예전에 여항 땅에 머물 때의 일이다. 어떤 사람이 화분에 난초를 심어 선물로 주었다. 서안 위에 놓아두고, 손님을 응대하면서 사물과 수작하는 동안에는, 향기가 있는 줄 깨닫지 못했다. 밤이 깊어 고요히 앉아 있는데, 창에 비친 밝은 달빛과 함께 참으로 그윽한 향기가 밀려들었다. 맑고도 아득해서 아낄 만하였다. 하지만 말로는 형언할 수가 없었다.

전혀 생각지도 못한 과분한 선물이다. 부채를 활짝 펼치니 그윽한 난향이 은은하게 피어오른다. 멀리 남도에서 건너 온 것이니 천리향이라고 해야 하나?

올 여름엔 부채를 부쳐가며 한가하게 책이나 읽으며 보내야겠다. 반복해서 읽어야 할 고전이라면 더욱 좋겠다. 때로 매미소리를 들으며 아내와 도란이 앉아 수박도 갈라 먹으면서.

위대한 실험

"저에게 기회를 주십시오. 과제를 내주시면 성심성의껏 작성하여 제출하겠습니다. 봐달라고 하지 않겠습니다. 기본 점수만 주십시오."

P교수는 자존심이 크게 상한 것 같았다. 내가 1학기 중간고사를 치르지 않은 것을 알고는 대단히 언짢아했다.

"내가 왜 그래야 하지?"

안경 너머에서 금강석처럼 단단한 눈빛으로 나를 빤히 바라보았다.

P교수는 시험을 어렵게 출제할 뿐 아니라, 학점 또한 짜게 주기로 학생들 사이에선 널리 알려져 있었다. 선배들의 말에 따르면, 융통성이 전혀 없는 데다, 바늘에 찔려도 피

한 방울 나지 않을 사람이라 했다.

예상은 했지만 거대한 벽 앞에 선 기분이었다. 어떤 가능성도 없어보였다. 이제 입대하는 일만 남은 것 같았다. 공과대학교 4학년인 내가 3학점인 필수과목을 펑크 냈으니, 이 문제가 해결되지 않으면 정상적으로 졸업할 수 없었다. 차라리 군복무를 마치고 나서 학기를 다시 시작하는 편이 나았다.

잠시 머뭇거리다가 돌아가려고 엉거주춤 인사를 드렸다. 하소연해보았자 소용이 없을 것 같았다. 막 교수실을 나서려는데 등 뒤에서 P교수가 물었다.

"왜 시험을 보지 않았지?"

모르긴 해도 나의 초췌한 몰골을 보고 그냥 보내려니 마음에 걸렸을 것이다. 거의 2주 동안 제대로 먹지도 자지도 못했으니까.

잠시 망설이다가 어렵게 속내를 털어놓았다.

"5년 동안 사귀던 여자 친구와 헤어지게 되어서요."

그것만으로는 충분히 내 마음을 표현한 것 같지 않았다. 갑자기 알 수 없는 힘이 가슴 밑바닥에서 솟아올랐다. 어쩌면 그것은 울분인지도 몰랐다.

"시험을 보는 일보다 여자 친구를 보내는 일이 더 중요하게 여겨졌습니다. 어떻게 차분하게 앉아서 시험을 볼 수 있겠습니까?"

사실 그랬다. 그녀가 떠난다면 시험은 내게 그다지 중요하지 않았다. 입대를 미루며 4학년까지 버틴 것도 오직 그녀 때문이었으니까. 당시 나에게 입대란 곧 그녀와 헤어짐을 의미했다. 양가에서 교제하는 데 반대가 심한 데다, 학번은 같아도 그녀는 나이가 나보다 한 살 더 많았다. 그런 상황에서 어찌 '3년 춘향'을 기대할 수 있겠는가.

P교수와 나 사이에 잠시 침묵이 흘렀다.

신념을 굽히지 않은 데는 나름의 대책이 있었기 때문이었다. 어렵기는 하지만 한국과학기술원 대학원과정에 들어가면 문제될 게 없어 보였다. 입대하는 대신에 졸업 후 요건에 맞는 기업체에서 일정기간 근무하면 되었으므로. 차선책도 있었다. 만약 그곳에 들어가지 못한다면 대학원에 진학할 예정이었다. 석사장교 시험에 합격하면 6개월간 장교 훈련만 받고 제대하므로. 곧 폐지되었지만 당시에는 그런 제도가 있었다.

그런데 중간고사를 10여일쯤 앞둔 날부터 그녀는 전화

를 받지 않았다. 어쩌다 전화를 받아도 말을 하지 않았다. 내성적인 그녀는 그냥 수화기를 들고만 있었다. 내겐 너무나 갑작스럽고 이해할 수 없는 일이었다. 처음엔 공부하느라 그녀에게 소홀히 해서 그런가 보다 생각했다. 중간고사 마지막 날이 되어서야 돌이킬 수 없는 상황에 이르렀음을 깨달았다. 시험이고 뭐고 때려치우고 그녀를 만나러 갔다. 그렇지 않으면 영영 만날 기회가 없을 것 같았다. 그나마 다행이라면 그날은 P교수의 과목 하나만 남겨두고 있었다.

P교수는 여전히 냉정함을 유지했다. 전혀 표정 변화가 없었다. 재킷 안주머니에서 수강생 명단이 적힌 수첩을 꺼내들더니, 지극히 사무적인 어조로, "자네 이름이 뭐지?" 하고 물었다. 이름을 말하자, 수첩 한 곳에 체크 표시를 해두었다. 그것뿐이었다. 고개를 끄덕이며 나에게 이제 가라는 손짓을 했다.

그녀가 떠났음에도 입대하지 않은 데는 두 가지 이유가 있었다. 무엇보다도 그녀를 원망하고 싶지 않아서였다. 자칫 일이 잘못 풀리면 평생 그녀를 원망하며 살아야 할 것 같았다. 그건 생각하고 싶지 않은 나의 가장 초라한 모습이었다. 원망할 이유야 찾으면 차고도 넘칠 터였다. 기다리지 못하고 왜 하필 중간고사를 치르고 있을 때 떠난단 말인가? 그것도 대학 4학년 때 말이다. 고등학교 3학년 때는 데이트 하느라 원하는 대학에 들어가지 못했다는 걸 너무나 잘 알지 않는가. 왜 결정적인 시기에 두 번이나 나에게 치명상을 입히고 떠난단 말인가…… 그런 한심하고 비참한 지경에 이르고 싶지 않았다. 또한 과연 내 자신과의 약속을 지킬 능력이 있는지도 궁금했다. 그게 불확실해 보여 그녀가 떠났을 테니까.

참으로 힘든 시련의 시간이 나를 기다리고 있었다. 마음이 쓰라리고 아파서 먹고 잠자는 일상생활조차도 힘에 부쳤다. 그런데도 강의를 듣고 공부를 해야만 했다.

P교수가 학점을 어떻게 줄지도 알 수 없었다. 안개 속을 헤매는 것 같았다. 그렇다고 속수무책 무너질 수는 없었다. 상실감으로 인한 극심한 고통 속에서도 이를 악물었다. 기말 시험에서 다른 과목은 몰라도 P교수 과목만은 만점을 맞아야 했다. 그리고 나서 결과를 기다려보는 수밖에 도리가 없었다.

성적표를 받아보고 놀라지 않을 수 없었다. 도무지 믿기지 않았다. P교수가 A+라는 최고 학점을 내게 하사한 것이다. 내 기억이 확실하다면 기말 시험에서 한 문제를 틀렸는데도 말이다. 그제야 참고 참았던 눈물이 쏟아져 나왔다.

소문과 달리 P교수도 따뜻한 가슴을 지닌 한 인간이었다.

애석하게도 그해 한국과학기술원에 응시하지 못했다. 방황하며 괴로워하는 사이에 원서 접수 기한이 지나버렸기 때문이다. 단언컨대 시험을 보았더라도 떨어졌을 것이다. 예정대로 졸업 후에 대학원에 진학하였다.

대학원에서도 P교수와의 인연은 계속되었다. 나는 P교수에게서 두 과목을 더 수강했다. 물론 모두 최고 학점을 받았다. 최선을 다하기도 했지만 나에게 점수를 후하게 준다는 느낌도 들었다.

어느 날 생년월일이 나와 같은 단짝인 친구가 나에게 물었다. 어떻게 학점이 짜기로 소문난 그 깐깐한 교수에게서 매번 A+를 받을 수 있는지를. 친구는 자신의 성적에 불만이 많았다.

어찌 그 내밀한 사연을 말로 다 설명할 수 있겠는가. 씁쓸하게 웃으며 의미심장한 농담으로 어물쩍 넘길 수밖에.

"아프고 뜨겁게 사랑해봐. 그럼 최고 점수를 받을 수 있어."

사실 나도 몹시 궁금했다. 하지만 직접 여쭤볼 수는 없었다. 물론 어렴풋이 짐작은 했다. 비록 그날 시험을 펑크 냈지만 나의 선택이 결코 잘못되지 않았음을 말없이 승인해주고 지지해준 거라고. 달리 생각할 여지가 없었다. 왜 우린 규정이나 법 때문에, 아니면 목전의 이해득실 때문에, 인간성까지 외면해도 되는지를 놓고 갈등할 때가 있지 않는가.

6개월 군복무를 마치고 취업을 준비하고 있는데 그녀의 남동생이 찾아왔다. 전혀 예상하지 못한 일이었다. 시장 입구 호프집에서 술잔을 앞에 놓고 물끄러미 오가는 사람들을 바라보았다. 자리를 잡고 앉은 이후로 나는 동생에게 한마디 말도 건네지 않았다. 그녀의 안부를 묻는 게 그렇게도 고통스러웠다. 그때까지도 현실을 인정하고 싶지 않았던 것이다. 헤어질 무렵이 되어서야 겨우 조심스럽게 물어보았다. "누나는 애가 지금 몇이지?" 잠시 뜸을 들이다 그가 "둘이에요." 했다. 나는 말없이 고개를 끄덕였다. 그게 그날 술집에서 나눈 대화의 전부였다. 나는 끝내 말하지 않았다. 그녀가 떠나고 나서 얼마나 힘겹게 분투했는지를, 나쁜 이별이 되지 않도록 얼마나 많은 노력을 했는지를. 그녀와의 이별도 내 사랑의 일부였다는 걸 그렇게 가슴 깊이 묻어두었다.

돌이킬 수 없는 단 한 번의 위대한 실험이 곧 삶이라는 말이 있다. 두 번 살 수 없는 게 우리네 인생이다. 하지만 이제 나는 잘 안다. 그 위대한 실험은 수많은 시작과 수많은 존재의 모험으로 이루어졌다는 걸.

나는 P교수가 말없이 일깨워준 소중한 믿음을 가슴에 품고서 사회에 첫 발을 내디뎠다. 그 믿음이란 대단한 게 아니었다. 우린 목석이 아닌 가슴을 지닌 사람들과 더불어 산다는 지극히 평범한 것이었다. 삶이라는 수많은 존재의 모험 속에서, 그 믿음이 앞으로 얼마나 내게 큰 도움이 될지 그때는 알지 못했다.

언제나 한 가지, 잔 하나,
미풍 하나, 문장 하나가 빠져 있고,
삶은 즐기는 만큼 또는
고안해내는 만큼 고통스럽다.

_페르난두 페소아

가을

월식 月蝕

주방에서 나는 인기척에 잠을 깬다.

큰애가 독서실에서 밤늦게 돌아와 먹을 것을 찾는 듯. 냉장고 문을 여닫는 소리가 나는가 싶더니 가스스토브에 불을 올리는 소리가 난다. 냉장고에 마땅한 간식거리가 없어 국을 덥히나 보다. 소리가 낮게 깔리는 것을 보면 조심하는 기색이 역력하다. 그릇을 달그락거리는 소리에 이어 전기밥솥을 여닫는 소리도 들린다.

배가 무척 고픈 모양이다.

그래, 저맘때는 밥을 먹고 나면 뒤돌아서기가 무섭게 바로 배가 꺼졌지. 얼마나 사랑이나 지식에 갈증을 느꼈던가. 나도 한창때는 포만감을 모르고 살았어. 늘 배가 고팠으니까. 꿈과 희망이란 허기의 다른 이름이 아닌가.

잠시 후에 밥을 입에 넣고 하아하아 뜨겁게 삼키는 소리
가 들린다. 국을 후후 불며 훌훌 떠 마시는 소리도.

저렇게 뜨겁게 밥을 먹어본 때가 언제였나? 먼 옛일처럼
까마득하게 느껴진다. 그래, 식욕은 곧 삶의 의욕이란 말이
있지.

어쩨 아내의 숨소리가 갑자기 조용해진 것 같다. 혼자 듣
기 아까워 허공에다 가만히 물어본다.

"자나?"

잠이 든 줄 알았는데 뜻밖에 등 뒤에서 아내가 숨을 죽여
대꾸한다.

"아니요."

물기가 밴 맑은 공기에서 무처럼 조금 알알한 맛이 난다.

일월처럼 등을 맞댄 우리는 큰애를 사이에 두고 이내 뜨
거워진다. 그리고 속절없이 어두워진다.

주방에서는 여전히 뜨겁게 밥술을 뜨는 소리가 들려온
다. 칠흑 같은 어둠 속에서 그 소리는 강물이 되어 아내와
나의 가슴을 적시고 조용히 흐른다.

4분 33초*

산책을 하는데 하천 가득 작은 기포가 터지는 듯한 소리
가 끊임없이 올라온다. 무슨 소리일까? 그냥 지나치려다가
호기심이 동하여 물가로 내려가 부들과 줄풀 사이에 앉아
본다.

노랑어리연꽃과 마름, 개구리밥이 수면을 빈 틈 없이 덮
고 있어, 아무리 살펴보아도 그런 소리가 날 만한 곳이 눈에
띄지 않는다.

바람 한 점 없는 한낮, 지대가 낮은 물가에 앉아 있어서

....

* 4분 33초
  미국 전위 음악가인 존 케이지(John Milton Cage Jr., 1912~1992)의 대표
  작 제목이기도 하다.

인지 포근하고 아늑하게 느껴진다.

귀를 기울이고 있으니 온갖 소리들이 밀려든다. 성당에서 나온 수녀와 아주머니가 등 뒤 산책로를 따라 양산을 받쳐 들고 도란도란 얘기하며 걸어가고, 그 뒤를 이어 젊은 여자가 유모차를 덜컹거리며 밀고 간다. 맞은편 제방에서는 뱁새 무리가 마실 나가듯 한가하게 재잘거리며 지나간다. 조금 멀리 떨어진 아파트 단지에서도 "냉장고, 피아노, 텔레비전, 컴퓨터, 세탁기, 중고 가전제품 삽니다!" 하고 외치는 소리가 아파트 벽에 되울려 아련하게 들려온다. 뱁새 무리가 멀어지자 갑자기 하천 건너 큰길에서 차들이 일제히 가속하면서 공기를 요란하게 흔들어 놓는다. 직진 신호를 받았다는 의미이리라. 어디 그뿐인가. 물고기가 수면을 차고 뛰어오르는 소리도 간간이 끼어든다. 하지만 정작 내가 주의를 기울이는 것은 그런 소리들이 아니다. 게들이 가득 담긴 구럭에서 게거품이 터질 때 나는 것과도 같은, 하천 가득 올라오는 정체를 알 수 없는 소리다. 가만히 듣고 있으니 한낮의 고요가 내밀하게 끓고 있는 것 같다.

도대체 어디에서 나는 걸까? 바짝 귀를 기울여본다.

주의 깊게 들어보니 더 희미한 소리들도 흐른다. 거품이 터지는 듯한 소리가 가장 낮은 파트는 아니다. 심지어 가청 음역 밖에서도 아련한 멜로디가 감지된다. 물결들이 바위를 조용히 적시는 소리, 소금쟁이가 물 위로 미끄러지는 소리, 노랑어리연꽃의 꽃잎이 벌어지는 소리, 마름의 물관에 물이 차오르는 소리……. 물론 그 아래 가장 낮은 영도 지점에는 미분화된 박자와 가락을 품은 순수한 침묵이 흐르고 있을 것이다. 그러고 보면 침묵은 외부에서 저절로 주어지는 게 아니다. 그것은 깊고 적극적인 듣기를 요구한다. 좋은 침묵은 밝고 맑은 귀에만 들린다.

아무래도 개구리밥이 미심쩍다. 의심이 갈 만한 것은 그것밖에 없는 것 같다. 알다시피 개구리밥은 맬서스의 『인구론』을 연상시키듯, 시간이 지남에 따라 개체수가 기하급수적으로 불어난다. 지금 수면을 가득 덮고 있으니 모르긴 해도 폭발적으로 증가하고 있을 것이다. 혹시 그 과정에서 나는 소리가 아닐까? 개구리밥이 여기저기서 톡톡 분화할 거고, 개체의 밀도가 높아짐에 따라 그 배열도 끊임없이 바뀔 것이니. 하천 가득 올라오는 소리의 미립자들은 그런 증식 과정에서 생성되는 게 아닐까? 하지만 아무리 살펴보아도 이상한 점은 전혀 눈에 띄지 않는다.

소리의 출처가 궁금해 개구리밥을 면밀히 관찰하고 있는데, 갑자기 답답하게 덮인 수면 한곳이 스크린도어처럼 조용히 열린다. 전혀 예상하지 못한 일이다. 그곳에 푸른 하늘 펼쳐지며 놀라운 장면이 연출된다. 백거이(白居易, 772~846년)의 시편「소지小池」의 한 대목을 보는 것 같다.

荷側瀉清露　　연꽃 곁에 맑은 이슬 쏟아지고
萍開見游魚　　개구리밥 열리니 헤엄치는 물고기들

작은 기쁨이 온몸을 훑고 지나간다. 뜻밖에 눈앞에서 펼쳐지는 아름다운 정경에 그만 즐거워서 한 번 웃는다. 마음이 한결 너그러워진 나는, 그제야 소리의 정체를 파악하려는 시도가 부질없는 짓임을 깨닫는다.

거리의 천사와 춤을

도시 비둘기는 미에 대한 빼어난 감각과 안목을 지닌 패션모델이야. 나는 그렇게 생각해.

광장이나 큰길, 주택가 골목, 공원 등 어디를 가든 무채색 계열의 아르마니 슈트를 걸치고 배회하는 녀석들을 쉽게 볼 수 있지. 그들은 이상하게도 색채 마술사라는 평가를 받는 베르사체의 현란한 의상은 거들떠보지도 않아. 오직 이탈리아 북부의 정신이 반영된, 지적이고 품위 있는 아르마니만을 고집스레 두르고 다니지. 우아한 품격을 추구한다고나 할까? 왜 저 아름다움에 기품이 결합되어 발산하는 차분하면서도 매혹적인 분위기 말이야.

물론 줏대 없이 자신의 개성까지 희생해가면서 고상을

떨지는 않지. 다리와 발의 붉은 빛깔을 좀 봐. 얼마나 과감하게 자신을 표현하는지. 거리를 활보하는 녀석들을 보면, 살바토레 페라가모의 붉은 롱부츠를 신고서 의기양양 뽐내는 것 같다니까.

그렇다고 늘 찬사와 호평만 쏟아지는 건 아니야. 오히려 그 반대에 가깝지. 세상사가 내 맘 같이 진행된다면 얼마나 좋을까. 사사건건 트집 잡기를 좋아하는 잘난 이들이 시도 때도 없이 초를 쳐대니 말이야. 그들은 전문성을 갖춘 패션 평론가나 컬러리스트들이야. 할 일이 없으면 하품이나 하면서 참외나 깎아 먹을 일이지, 괜히 악담과 혹평을 늘어놓으며 까칠하게 군다니까. 말인즉슨 붉은색은 우아한 아르마니에는 전혀 어울리지 않는다는 거야. 그건 베르사체가 즐겨 다루는 컬러이니까. 패션 미학의 두 개념을 한데 섞어 놓았으니 속된 말로 조잡하고 천박한 속물취향이라는 거지. 명품 매장이 늘어선 밀라노 몬테 나폴레오네 거리에서 이것저것 사서 걸친 꼴이라나.

물론 나는 그들 의견에 전혀 동의하지 않아. 멋을 부리자면 누구든 얻어터지고 코피 좀 흘리는 것쯤이야 기꺼이 감수해야겠지. 도시 비둘기들이 자신만의 개성과 가치관을 표현하기 위해 의도적으로 대담하게 연출한 거라 생각해. 아무 생각 없이 붉은색을 택했겠어?

뭐, 내가 증거도 없이 떠들어댄다고?

이런, 유능한 선생들의 그럴싸하고 설득력 있는 주장에 단단히 홀렸군. 그렇게 귀가 얇아서야 원. 머리를 쓰다듬으며 칭찬이라도 해주어야 할 모범생이군. 이쯤 되면 가능한 논평을 삼가는 편이지만 나라고 잠자코 있을 순 없지.

비둘기들이 페디큐어를 어떻게 하는지 꼼꼼히 살펴봐. 그러면 그들이 얼마나 섬세한 감성의 소유자인지 금방 알 수 있을 테니. 밝은 색이 많이 섞인 슈트를 걸친 녀석들은 발톱을 하얗게 칠하고, 회색이나 검은색 또는 갈색 등 어두운 색이 많이 섞인 슈트를 걸친 녀석은 반드시 검게 칠하거든. 발톱의 색상까지도 인접성을 고려해서 신중하게 선택한다는 말이야. 이래도 내 말을 믿지 못하겠어?

심드렁한 표정을 보니 아직도 미심쩍은 구석이 있나보네. 의심이 많은 도마처럼 미에 대한 그들의 취향이나 개념을 손으로 만져봐야 믿으려나? 슬프고 안타까운 일이야. 하는 수 없지. 그렇다면 예를 하나 더 드는 수밖에. 부리 위쪽에 있는 하트 모양의 하얀 콧잔등Operculum을 눈여겨봐줘.

그게 어떤 건지 전혀 감이 잡히지 않는다고? 그러면 당장 밖으로 나가 녀석들의 부리를 자세히 살펴보라고. 흰 납막 蠟膜cere을 덧붙여 놓은 것처럼 보이지만, 실상 피부 조직이 부풀어 오른 거야. 이렇듯 유별난 콧잔등은 다른 새들에게 서는 좀처럼 찾아보기 힘들지. 그만큼 개성이 강하다는 증 거야. 사랑을 강조할 목적이 아니라면 왜 정면에 있는 콧잔 등에 하트 문양이 드러나도록 하겠어? 설마 이런데도 녀석 들이 개념 없다고 말하진 않겠지?

비둘기는 참으로 독특한 스타일리스트이야.

하지만 이런 독창성에도 불구하고 스타일에 대한 세간 의 평은 그다지 너그러운 것 같지 않아. 무엇보다 어찌해볼 수 없는 그놈의 다리가 늘 말썽이거든. 체형이 받쳐주지 않 는단 말이야. 비둘기는 몸에 비해 다리가 짧고 다리 사이의 간격이 넓은 편이야. 패션쇼 런웨이에서 워킹을 하기에는 무리가 따르는 신체 조건이지. 늘씬하게 쭉 빠진 다리로 사 뿐사뿐 품위 있게 걷는 까치라면 또 모를까. 비둘기는 자신 의 의도와 달리 걸을 때면 궁둥이가 좌우로 흔들려. 그래서 꼴사납게 뒤뚱거릴 수밖에 없지. 오리만큼 심각한 정도는 아니지만, 한마디로 아르마니를 떨쳐입고 스타일을 구기는 거지. 그러니 누가 후한 점수를 주겠어?

니체의 어느 책을 보면 이런 표현이 나와. "가장 조용한 말이 폭풍우를 몰고 오며, 비둘기 걸음으로 오는 사상이 세계를 움직인다." 이 대목을 읽다가 고개를 갸웃하지 않을 수 없었어. 왜 하필 우스꽝스런 비둘기 걸음일까? 위대한 사상은 정말 뒤뚱뒤뚱 오는 걸까? 당연히 처음에는 적절한 비유가 아니라 여겼지. 그런데 곰곰 생각해보니 그럴 수도 있겠다 싶은 거야. 안짱다리 라이프니츠가 떠올랐거든. 그의 말이 옳다면 모나드 역시 뒤뚱거리며 세상에 왔을 거야.

물론 문맥을 살펴가며 꼼꼼하게 읽어보면 비둘기의 '조용한' 성품을 염두에 둔 것 같긴 해. 하지만 비둘기가 새임에도 '날개를 접고 내려온다'라고 하지 않고 굳이 '걸음으로 온다'라고 한 점을 간과하면 안 된다고 봐. 어쩌면 이게 핵심일 수 있어. 니체는 글을 쓰면서 무의식적으로 비둘기의 독특한 걸음걸이를 떠올리지 않았을까? 모르긴 해도 걸을 때 자연스레 드러나는 일련의 동작을 의식했을 공산이 커. 알다시피 비둘기는 걸으면서 계속 고개를 끄덕이잖아. 한 발 내딛고 끄덕, 또 한 발 내딛고 끄덕…, 뒤뚱뒤뚱 끄덕끄덕, 뒤뚱뒤뚱 끄덕끄덕…. 다리의 움직임에 동조同調하여 고개가 정확히 응답하는 걸 보면, 이 둘은 역학적으로 긴밀히 묶여 있는 것 같아. 이는 비둘기가 매 걸음마다 자신의 삶을 긍정한다는 의미겠지. 그러니까 사랑이란 실천 덕목을 앞세우고서 '절대 긍정'의 삶을 산다는 말이야. 그는 이런 특성을 염두에 두지 않았을까? 니체야말로 삶을 철저히 긍정하는 철학자잖아.

어쩌면 비둘기는 긍정의 복음을 전하려 하늘에서 내려온 천사인지도 몰라. 천사는 늘 우리 곁에 있다는 걸 명심해. 길을 걷다가 아르마니 슈트를 걸치고 뒤뚱뒤뚱 분주히 스텝을 밟는 이 멋쟁이 천사들을 만나거든 절대로 외면하지 마. 그들과 어울려 한바탕 신명나게 존재의 춤을 춰봐. 물론 처음에는 스텝이 꼬이겠지. 천사와 스텝을 맞춘다는 게 어디 그렇게 쉽기만 하겠나.

그리움의 운궁법

챌리스트 미샤 마이스키Mischa Maisky가 연주하는 〈아다지오Adagio〉를 듣는다. 이 앨범은 평생 음악과 함께 살아오신 수필가 Y선생님께서 선물로 주신 것이다. 나에겐 특별한 앨범이다.

안토닌 드보르작의 「고요한 숲」이 끝나고 이제 막 알렉산더 글라주노프의 「음유시인의 노래」로 접어들었다.

나는 음에 대한 감각이 매우 약한 편이다. 들어도 음들 간에 어느 정도 높이 차가 나는지 거의 가늠하지 못한다. 음악을 감상할 때면 그저 멜로디 흐름을 좇아가는 데 급급할 뿐이다. 지금 듣고 있는 음악 역시 그렇다. 이는 연주자의 운지법運指法보다는 운궁법運弓法에 더 관심을 기울인다는 의미일 것이다.

오래전에 피타고라스가 간파했듯이, 운지법은 음악의 지성적인 측면을 반영한다. 연주자는 현의 수학적 비례 관계에 의해 결정되는 음높이와 두 음 사이의 간격, 즉 음정을 늘 염두에 두고 운지하므로. 그의 손가락은 수와 척도에 기반을 둔 이런 요소들을 명확하게 인지하고, 한 치의 오차도 없이 정확하게 짚는다. 반면, 감성은 전적으로 활을 다루는 운궁법에 의해 표출된다. '활은 현악기의 영혼이다'라는 말도 있듯이, 감성을 표현하는 데 결정적인 역할을 한다. 이런 기준에서 보면 나는 특히 음악적 지성이 낮다고 봐야겠다.

자정이 넘어선 시각, 백지를 앞에 두고 불을 밝힌 창 하나를 외롭게 지키고 있다. 내가 사는 이 아파트에는 지금 몇 개의 창이 깨어 있을까? 아마 몇 되지 않을 것이다. 이상하게도 도시에서 불빛은 가까이에 있어도 서로를 따뜻하게 하지 않는다. 저마다 자신만의 창에 갇혀 차갑게 빛날 뿐. 그래서인지 나란히 창을 맞대고 살아도 도무지 이웃이라는 감정이 생겨나지 않는다. 이런 걸 소외라고 하나?

백지에는 어떤 계시도 어떤 목소리도 내려오지 않는다. 모르겠다. 내 귀가 작고 어두워 듣지 못하는지도. 우리는 신의 음성이나 우주의 말씀과 같은, 가청음역 바깥의 큰 소리는 전혀 듣지 못한다. 오직 침묵으로 인식할 뿐.

창문을 조금 열어두어서인지 뒤쪽 큰길에서 이따금 바쁘게 지나가는 차 소리가 들린다. 그 소리를 듣다보니 문득 궁금해진다. 사람들은 진실로 어디에서 사는 걸까? 거리일까, 사무실일까, 집일까? 모르긴 해도 저들은 지금쯤 불이 꺼져 있을 자신들의 집을 향해 서둘러 가고 있을 것이다. 야심한 시간이지만 어떻게든 집에서 살아보려고.

형광등 불빛에 백지가 순수성을 간직한 채 파리하게 빛난다. 어떤 이는 유토피아를 건설하려는 모든 시도는 실패로 끝났다고 말한다. 예술과 철학, 역사의 종말을 이야기하는 사람도 있다. 이제 더는 희망이 남아있지 않다고 말하는 사람도 있다. 요즈음 정말이지 난감할 정도로 부정성이 넘쳐난다. 정말 그런 걸까? 우린 영원한 행복을 바라면서도 그걸 얻기 위한 상상력은 턱없이 빈약했던 것은 아닐까? 시시한 꿈, 사이비 새로움, 전복만을 위한 혁명에만 사로잡혀 있었던 게 아닐까? 위대한 허구는, 어둠에 묻혀 있는 도래하지 않은 세상을 명명하는 시詩는, 무에서, 다시 말해 백지에서 탄생한다는 사실을 망각한 것은 아닐까?

쓸 것이 없을 때는 그만 둘 줄도 알아야 한다. 기다림에 지친 나는 백지로 학을 접기 시작한다. 하도 오랜만에 시도해보는 터라 뜻대로 잘 되지 않는다. 몇 번 접었다 펴기를 반복하고 나서야 겨우 완성한다. 태평성대를 상징하는 학을……

음악이 어느덧 차이코프스키의 「야상곡Nocturne」으로 바뀐다. 앞의 「음유시인의 노래」와 마찬가지로 애상이 깃든 서정적인 곡이다. 첼로의 유려한 선율이 끊어질 듯 이어지면서 나를 따뜻하게 감싼다. 음악은 영혼의 가장 내밀한 장소에 도달한다는 말이 맞긴 맞는 모양이다. 가슴 깊은 곳에 잠들어 있는, 오랫동안 잊고 살았던 기억의 단편들이 떠오르니 말이다. 때로 사람들은 추억 속에서 살기도 한다.

종이학을 왼손바닥 위에 올려놓은 채 지그시 눈을 감는다. 아련한 어린 시절 기억들이 떠오른다.

대문 앞 길섶에서 자주 보았던 달개비꽃과 쇠별꽃, 텃밭에 핀 장다리꽃과 그 주위에서 너울너울 춤추던 배추흰나비, 잦히는 밥물소리를 들으며 자던 달콤한 아침잠, '내 나무' 아래 묻어둔 유리구슬과 사금파리, 뒤까끄미 비탈에 눈사태처럼 쏟아져 내리던 산벚꽃, 베어낸 벼 포기 밑동에 낀

살얼음과 거기에 꽂힌 까마귀 깃털, 보리쌀 속에 묻어두고 꺼내먹었던 자두와 살구, 대숲을 지나는 바람결에 들려오던 여우 울음소리, 길가에서 민들레꽃을 씹으며 순한 눈빛으로 쳐다보던 당나귀, 아랫집에 살았던 미자, 딱지치기하던 창우, 용범, 명용 그리고 지금은 저세상에 있는 창형이…….

내 가슴에는 밤이 있고 호명하지 못한 수많은 별들이 있다. 불러보지 못한 수많은 노래가 있다. 그러고 보니 나도 천천히 늙어가는 하나의 악기다.

오늘밤 나는 악기인 나를, 첼로를 보듬는다. 가슴 한가운데로 시간의 강인 은하가 흐르고 있다. 그 강물에는 무수히 많은 별들이 반짝인다. 나는 그중에서 밝게 빛나는 별자리를 골라 가만히 운지해본다. 그리고 활을 들어 조용히 은하를 켜기 시작한다.

내 삶을 연주한다.

가을볕

창가에서 손톱을 깎는다.

풀무치가 풀잎을 끊듯, 손톱깎이도 제법 여문 가을 소리
를 낸다.

톡톡.

문안 聞雁

가을이 되면 자주 잠을 설친다. 오늘도 베갯잇이 선득선득하게 느껴지고 귓전에서 이상한 소리가 맴돌아 문득 잠을 깬다. 새벽 세 시쯤 된 성싶다.

매년 이맘때 새벽이 되면 어김없이 암수 돌쩌귀가 갈리는 듯한 소리가 하늘에서 시끄럽게 들려온다. 기러기들이 무리지어 남으로 내려가면서 내는 소리다. 사람마다 달리 느낄 수 있겠으나, 나에게는 꼭 한옥 문을 여닫을 때 나는 그 소리 같다. 아파트 고층에 있어서인지 손에 잡힐 듯 선명하게 들린다. 올해도 어김없이 새벽잠을 깨우는 것을 보면, 집이 기러기들이 이동하는 길목에 있는 것 같다. 아닌 게 아니라 낮에 산책하다보면 종종 아파트를 넘어가는 기러기

무리를 볼 수 있다.

하늘에 얼마나 많은 문이 있기에 기러기들이 저렇게 끝없이 문을 여닫는 걸까?

오슬오슬 추워 거실로 나가 불을 켜고 보일러 난방을 올린다. 그리고 베란다 커튼을 젖히고 하늘을 올려다본다. 맞은편 아파트 옥상 위로 수많이 별들이 반짝거린다. 눈썹달도 말없이 웃고 있다. 그러나 기러기들이 지나간 흔적은 밤하늘 어디에도 남아 있지 않다.

벌써 상강霜降인가? 한기가 예사롭지 않아 돌아서며 무심코 벽에 붙은 달력에서 날짜를 짚어본다.

10월 3일, 오늘이 바로 개천절開天節이다.

생생한 삶

안거 기간 동안 선사들은 좌정하여 선정에 든다. 일체의 행위가 영에 수렴된다. 자아를 중심으로 모든 행위를 오므린 꽃봉오리 같다. 이 영도 지점에서 우주와의 합일 상태에 이른다. 그러나 해제解制하여 만행萬行에 들면, 모든 행위가 수행하는 법이 된다. 자아를 중심으로 행위들을 하나씩 펼쳐나가는 꽃과 같다.

일상에서 단위 행위는 늘 반복된다. 행위의 관점에서 보면 누구나 비슷한 삶을 산다. 입고 먹고 잔다. 각 행위의 빈도수만 차이가 있을 뿐 오십보백보다. 하지만 행위에 '어떻게'를 붙이면 달라진다. 현격한 차이가 나는 것이다. 금의를 입고 오후청五侯鯖이나 만한전석滿漢全席을 먹으며 아방궁에서 자는 사람과, 누더기를 걸치고 단사표음簞食瓢飮하며 한데서 자는 사람을 비교해 보라. 또한 행위에 '왜'를 붙여도 크게 달라진다. 내가 이걸 왜 하는 거지? 왜 이렇게 해야 하는 거지? 왜 사는 거지?

습관에 따라 기계적으로 살면 삶의 클리셰cliché에 빠지게 된다. 자신만의 고유한 삶, 곧 삶의 특이점이 드러나지 않으므로, 살아도 산 게 아니다. 이런 진부한 행위들로 자신의 일대기를 구성한다고 상상해보라. 그건 누구나의 삶, 곧 자서전自敍傳이 아닌 공서전共敍傳이 되고 말 것이다.

생생하게 사는 게 중요하다.

잘 알려진 바와 같이, 선사들은 화두 하나를 붙들고 선정에 든다. 이 영행零行의 자리에는 '왜'라는 물음만 존재한다. 안거를 마치고 만행을 하게 되면 '왜'라는 물음 위에 '어떻게'라는 물음을 하나 더 얹는다. 수행자나 선사들은 늘 깨어 있다. 끝없이 '왜'와 '어떻게'를 묻기 때문에 같은 행위라도 똑같이 반복되지 않는다. 미묘하게 다르면서 새롭다. 아니, 늘 다르게 반복되기에 굳이 단위 행위로 분절할 필요조차 없다. 연속된 흐름으로서의 생생한 삶, 전체로서 하나인 유일한 삶만 있을 뿐이다.

고유한 향을 지닌 한 송이 연꽃이 있을 뿐이다.

수행자가 아닌 나의 일상은 영행과 만행 사이 어디쯤에 있을까? 지금 나는 충분히 리얼하고 생생한 삶을 살고 있는가?

일기쓰기

    일기를 쓸 때는 묘하게도 자신이 발신자이면서 동시에 수신자가 된다. 이는 의사소통 관점에서 보면 논란의 여지가 있거나 무의미한 일로 비쳐진다. 내가 빤히 알고 있는 사실을 왜 자신에게 말한단 말인가?

    그러나 곰곰 생각해보면 일기만의 독특한 점을 발견할 수 있다. 오늘 나는 어떻게 보냈는가? 이렇게 묻는 순간 대화가 시작되기 때문이다. 발신자는 그날 자신의 삶에 참여한 나, 일상의 세계에 매몰된 나이며, 수신자는 잠자리에 들기 전에 책상에 앉아 하루의 삶을 반성하는 '다른 나', 본래의 존재를 회복한 '타아他我'이다.

    일기를 쓸 때 '타아'는 하루의 삶을 이끈 '나'에 대한 관찰자의 성격을 띤다. 물론 그 역도 성립한다. 그렇지 않다면 대화가 성립될 수 없을 테니까. '타아'는 '나'를 일인칭과 삼인칭, 두 시점으로 바라볼 수 있을 것이다. 일인칭 시점을 택할 경우, 주인공인 나는 새날을 열고 하루를 창조한 영웅이 된다. 일기에는 추억이 되어버린 하루에 대한 감사와 추도의 표현이 빠질 수 없겠지만, 무엇다도 힘들게 하루를 창조한 작은 영웅에 대한 진심어린 찬사가 담길 것이다. 그러면 나를 삼인칭, 즉 세상을 지배하는 인과 법칙에 복종하며 사는 하나의 대상으로 바라볼 때는 어떤가? 이 경우, 나는 유한하고 취약하며 불안정한 존재가 될 수밖에 없다. 늘 흔들리고, 상처받고, 방황하고, 떠밀리면서 살아가는. 일기에는 나약한 한 인간의 후회, 회한, 불안, 질투, 시기, 격려, 위로, 슬픔, 소망 등이 담길 것이다. '나'와 '타아'는 모두 자신을 지시하지만, 이 간극에서 자아 성찰이라는 놀라운 효과를 빚어낸다.

일기를 쓰는 일은, '나'가 실현한 하루의 삶을 타자, 곧 타아의 관점에서 해석함으로써 자신을 이해하는 것과 깊은 관련이 있다. '타아'는 날것의 삶을 텍스트로 붙들어 의미의 지반에 자리 잡게 한다. 자기 이해는 이 텍스트 안에서,

즉 언어 안에서 일어난다. 나는 말하면서 말해지고, 쓰면서 쓰인다. 즉 나는 해석하면서 동시에 해석된다.

내가 누구인지 내 의식 속에서 직접 솟아오르는 게 아니다. 경험이 나를 구성한다. 경험이 나를 정의하고 나를 만든다. 일기는 체험을 경험으로 전환되도록 돕는다. 2014년 10월 8일 일기에는 이런 내용이 적혀 있다.

집에서 가까운 서부천을 따라 산책하는데 노랑어리연꽃 사이에서 노니는 잉어가 눈에 띈다. 하천 수심이 얕아 잉어가 움직일 때마다 흙탕물이 인다. 여기저기 바닥이 드러난 곳도 보인다. 들물 따라 들어왔다가 날물 따라 내려가지 못하고 갇힌 듯하다.

몇 발짝 앞에서 산책하는 부부의 대화가 들린다.

"어머, 잉어 좀 봐! 크기도 해라. 잡았으면 좋겠어요!"

그의 아내가 잉어를 가리키며 다소 상기된 목소리로 말한다. 하지만 남편은 시큰둥하다.

"저걸 어떻게 잡아. 그냥 놔둬야지."

"꼬리치는 것 좀 보세요. 예쁜 꽃잉어예요. 잡았으면 좋겠어요!"

그래도 목석같은 남편은 아내의 마음을 헤아려주지 않는다.

"어떻게 잡느냐니까? 그냥 두고 봐야지."

노랑어리연꽃 사이로 붉은 빛이 도는 잉어가 유유히 헤엄을 치는 모습이 볼만하다. 시월인데도 노랑어리연꽃이 꽃을 달고서 여전히 푸름을 유지하고 있다. 그 세력이 많이 줄어들어 드문드문 수면을 덮고 있지만. 모르긴 해도 그의 아내의 말은 꼭 잡아달라는 게 아니라, 아름다운 정경을 놓치지 말고 보아달란 의미일 테다.

나는 걸음을 조금 빨리해 그들과 어깨를 나란히 한다. 그리고 그 싱거운 대화에 끼어들어 살짝 간을 맞춘다.

"아, 잉어를 잡아주지 그래요, 남들은 아내가 요구하면 별도 따준다는데?"

그 멋대가리 없는 남자가 나를 흘끗 쳐다보더니, 눈이 마주치자 갑자기 파안대소를 한다.

그 다음 날에도 나는 같은 곳을 산책했다. 하지만 전혀 다른 체험을 했다. 그날 일기 일부도 여기에 옮겨본다.

노랑어리연꽃이 바람에 밀려 하천 한쪽에 떠 있다. 먼 북쪽에서 날아온 흰뺨검둥오리들이 그 안에 들어 곤한 잠을 잔다. 부리를 날갯죽지에 묻고서. 긴 여정을 마치고 노란 꽃들 사이에서 자는 잠이 얼마나 달콤할까? 몇은 물 위를 둥둥 떠다니며 한가롭게 먹이를 찾는다. 물가 쪽에는 축 늘어진 수양버들 가지가 수면에 닿을 듯 말 듯 살랑살랑 흔들린다. 잎은 10월인데도 여전히 푸르다.

어디에서 많이 본 듯한 아름다운 한 폭의 동양화이다.

나의 일기에는 대부분 이렇게 사소하고 대수롭지 않는 내용이 적혀 있다. 간과하기 쉬운 느낌이나 장면 또는 시시콜콜한 사건들이 대종을 이룬다. 일기를 쓰지 않았다면 이런 체험들이 결코 경험으로 전환되지 못했을 것이다. 나에게 아무런 의미도 남기지 않고 흘러가버렸을 테니까. 매듭을 지어주지 않으면 체험은 경험이 되지 못한다. 경험은 완결, 즉 분절을 필요로 하기 때문이다. 이는 반드시 언어를 통한 반성이 이루어져야 함을 의미한다.

이렇게 나는 일기를 통해 늘 새롭게 발견된다. 하마터면 시간의 지층에 묻혀버릴 뻔했던 순간들이, 세심한 주의와 반성을 통해 구원되어 보석처럼 빛을 발한다. 일기를 쓰는 행위는 그저 단순한 되돌아보기일 수만은 없다. 어찌 일상의 '나'가 구경거리, 그것도 스쳐지나가는 구경거리가 될 수 있겠는가. 그것은 나를 글로 단순히 옮겨 적는 것이 아니라 발견하고 창조하는 과정이다. 어디 그뿐인가? 그것은 내일을 준비하는 신성한 의식이기도 하다.

자신을 알 때까지 스스로에 대하여 말해야 한다는 서양 속담이 있다. 일기를 쓴 지도 벌써 15년 가까이 되어간다. 세어보지 않았지만 그동안 쓴 일기만도 두툼한 노트로 20권이 훌쩍 넘는다. 그러고 보면 나에 대해서 이미 많은 말을 한 셈이다. 하지만 나를 알려면 그것만으로는 턱없이 부족하다. 나는 여전히 이루어지고 있기 때문이다.

나는 나뿐 아니라 내 인생에 대해서도 알고 싶다. 그러므로 나는 계속 일기를 쓸 것이다. 사뮈엘 베케트 말마따나 말이 내가 태어나기도 전에 있었고, 내가 그 말을 사용할 수밖에 없다면, 쓰지 않을 수 없다. 나는 쓰고 또 쓸 것이다. 그래, 언어가 나를 발견할 때까지, 아니 언어가 나에 대해서 스스로 말할 때까지.

계단을 오르며

　내가 자주 이용하는 시립도서관은 산기슭에 자리 잡고 있다. 자전거를 보관대에 세워놓고 꽤 많은 단을 올라야만 입구에 이른다.

　보통 계단을 오를 때는 누구든 자신의 동작을 의식하지 않는다. 별 생각 없이 경험에 의해 기계적으로 오를 뿐.

　계단 앞에 이르면 몸은 단의 높이와 폭에 맞추어 자신의 보폭을 바꾼다. 자세도 계단의 경사를 감안해 살짝 앞쪽으로 기울인다. 내딛는 발은 언제나 단의 끝에 반쯤 걸쳐 놓는데, 발 전체를 단 위에 올려놓으면 이후 동작이 매끄럽지 못하기 때문이다. 올라갈 때는 단을 내디딘 발에 힘을 주면서 무릎을 곧게 편다. 그러면 몸이 자연스럽게 상승하는데, 이

175

에 맞추어 뒤에 있는 발을 끌어올려 앞 단으로 옮겨 놓는다. 그리고 다시 그 발에 힘을 가하면서 무릎을 곧게 편다. 이런 일련의 과정에서 자연스레 탄력적인 리듬감이 살아난다. 처음 두세 단을 오르면서 몸이 계단 특성에 맞게 신체도식을 조정하므로, 그 다음에부터는 발을 보지 않고도 계단을 오를 수 있게 된다.

보통 수요일에 이 도서관을 찾는다.

오늘도 어떤 신간이 들어와 있을지 기대에 부풀어 계단을 오른다. 내겐 익숙한 계단이라 딱히 신경을 쓸 일이 없다. 언제나 그렇듯 무의식적으로 묵묵히 한 단 한 단 밟아 오른다.

피부에 와 닿는 공기가 제법 쌀쌀하다.

층계참을 지나 위쪽 계단을 오르다 무심코 하늘을 올려다본다. 단풍나무 너머로 맑고 푸른 하늘이 펼쳐져 있다. 독서하기에 참 좋은 계절이라는 생각이 든다. 그런데 뜻밖에도 하늘 한쪽에는 백묵으로 그어놓은 듯 비행운이 남서쪽으로 길게 뻗어 있다. 참으로 오랜만에 보는 비행운이다. 하지만 비행기는 어디에도 보이지 않는다.

비행기 행방이 궁금해 비행운 양 끝단을 살펴보다 나도

모르게 계단 정상에 이른다. 물론 나는 전혀 그 사실을 알아차리지 못한다. 그저 리듬과 관성에 내 몸을 맡겨두고 있을 뿐.

정상에 다다른 발이 어떤 의심도 없이 습관적으로 허공을 한 단 더 밟는다.

아뿔싸!

갑자기 허방을 짚은 것처럼 몸이 휘청, 한쪽으로 속절없이 무너져 내린다. 기대와 달리 거기에는 어떤 단도 없다. 나는 쓰러지기 직전에 가까스로 몸의 균형을 바로잡는다. 나가동그라지지 않은 게 천만다행이다.

몸을 추스른 나는 그제야 어찌된 영문인지 깨닫는다.

정상이란 가장 높은 위치를 일컫는다. 나는 정상을 밟았고 거기서 멈춰야 했다. 그런데도 그러지 못했다. 무모하고 어리석게도 더 높이 허공에 오르려 한 것이다. 그것도 계단을 오르는 똑같은 방식으로 말이다.

비약하기 위해서는 전혀 다른 방식이 필요하다. 비상하는 새에겐 날개가 있다.

카페 Bill and Coo에서

    카페 이름이 독특해 궁금증을 자아낸다. Bill and Coo, 무슨 의미일까? 자리를 잡고 앉자마자 인터넷 사전을 열고 검색해본다. 커피와 관련 있는 어떤 특별한 사람들의 이름이겠거니 생각했는데, 뜻밖에도 '서로 사랑을 속삭이다', '서로 애무하다'라는 의미를 가진 관용어구이다. 알고 보니 여기에 쓰인 bill과 coo는 모두 보통명사로, 비둘기와 관련이 있는 단어다. 카페에 썩 어울리는 이름이라는 생각이 든다.

    진동벨이 울려 주방이 딸린 카운터에 갔더니 주문한 커피를 내준다. 나무 쟁반에 흰색의 둥근 레이스를 깔고 그 위에 커피 잔을 올려놓았다. 내가 주문한 커피는 우유와 에스프레소가 만나 환상적인 궁합을 이루는 카페라테다. 흔히

그렇듯 커피 위에 부드러운 우유거품으로 하트 문양을 그
려 놓았다. 오로지 나만을 위한 것이다.

* * *

나는 슬픔이 여기에 없는 사람과

함께 산다는 뜻임을 깨닫는다.

_ 지넷 윈터슨

커피를 몇 모금 마시지도 않았는데 갑자기 음악이 뚝 끊
긴다. 칙칙하고 무거운 재즈 연주곡이 끝나자 공간 가득 깔

리는 두려울 정도의 적막감……. 저작권 때문일까? 요즈음 어디를 가든 음악에 인색하다. 그래도 이 정갈한 침묵이 싫지는 않다.

나는 고독 속에서 나를 부드럽게 감싸는 침묵을 음미한다. 하지만 침묵에 열광하기에는 왠지 간이 맞지 않은 느낌이 든다. 너무 담백하고 심심해서 깊은 맛을 느낄 수 없다.

이런 나의 아쉬움을 아는 걸까? 이내 소금과 같은 향신료가 이 순정한 침묵에 가미된다. 바로 옆 테이블에서 남녀가 나직이 속삭이는 소리다.

극도로 예민한 귀로 침묵을 듣고 있던 터라, 그들의 대화 내용이 고스란히 나의 청각에 잡힌다.

"도시에서 사람들은 어디에서 우는지 몰라. 울 데가 없잖아?"

30대 중반쯤으로 보이는 남자가 맞은편에 앉아 있는 여자에게 묻는다. 여자는 40대 초반쯤으로 보인다. 이상하게도 질문이 나의 호기심을 자극한다.

커피 잔을 내려놓으며 여자가 별걸 다 궁금해한다는 표정을 짓는다. 하지만 잠깐 사이를 둔 뒤, 남자의 얼굴에서 내면의 메아리를 읽기라도 한 듯, 가볍게 고개를 끄덕인다.

"속으로 우는 거지. 그렇지 않으면 밤에 어둠 속에서 울거나. 다들 태연한 척해도 몰래 울어."

남자가 고개를 돌려 무심히 창밖을 본다. 그러자 여자도 따라서 창밖을 본다. 거리는 텅 비어 있다.

비둘기 두 마리가 꽁지를 부채처럼 활짝 펴고 날갯짓을 빠르게 해대면서 바로 앞 인도에 사뿐히 내려앉는다. 랜딩 기어를 내리듯 붉은 발을 앞으로 쭉 내뻗으며. 녀석들은 내려앉기가 무섭게 연신 고개를 끄덕이며 먹이를 찾기 시작한다. 거리에는 오후의 적요한 햇볕이 가득하다.

남자는 어딘가 아주 멀리 가 있는 사람처럼 보인다. 눈동자에 초점이 없다. 이미 오래 전에 그를 지나친 먼 바람소리를 듣고 있는 걸까?

남자와 함께 물끄러미 밖을 바라보던 여자가 깜박 잊어버린 걸 기억해내기라도 한 듯, 고개를 돌려 그를 빤히 바라본다. 그리고 남자의 표정을 살피며 조심스럽게 묻는다.

"왜, 울고 싶은 거야?"

여자의 목소리에 애정이 담겨 있다.

왜, 울고 싶은 거야? 나는 마음속으로 여자의 말을 되뇐다. 그리고 고개를 끄덕인다. 나에게도 그런 날들이 있었지.

남몰래 울어야 했던 날들이.

연인일까? 그런 것 같지는 않다. 하지만 그들은 진실로 함께 있다는 생각이 든다. 어쩌면 가까운 병원의 응급실이나 영안실에서 잠깐 나온 것인지도 모르겠다.

나는 그들의 대화에 더는 귀를 기울이지 않기로 한다. 그들의 삶을 존중해주고 싶다.

한참 지난 후에도 그들은 여전히 나의 귓전 밖에서 다정히 속삭인다. 그러고 보니 이곳은 Bill and Coo다.

* * *

내가 나아가는 세상에서 나는 나를 끊임없이 창조한다.
_ 프란츠 파농

느긋하게 커피를 음미하며 한쪽 벽을 장식한 그림을 감상한다. 청년이 앉은 자세로 자신을 그리고 있는 모습을 포착한 것인데, 일견 프레스코 화 같기도 하다. 머리를 밝은 갈색으로 염색하고 스웨터 상의에 청색의 대님 팬츠를 입은 청년은, 색연필로 스스로를 그리면서 탄생한다. 자신이 곧 창조주이면서 피조물이다. 하지만 아직 그는 미완인 상

태다. 왼쪽 허벅지 아래쪽과 오른쪽 발은 윤곽만 그려놓았
을 뿐 전혀 채색되어 있지 않다.

스스로를 조형해나가는 인간을 우리는 영웅이라 부른
다. 청년은 다른 사람을 부러워하고 모방하기에 급급한, 악
명도 없고 명성도 없는 미지근한 영혼이 아니다. 스스로를
창조하는 진정한 영웅이다. 미셸 푸코가 말했다. "우리가

만들어야할 작품은…… 단적으로 우리의 삶이며, 우리 자신입니다."

하지만 이는 결코 쉬운 과제가 아니다. 모든 변화와 창조에는 극심한 고통이 따르기 마련이므로. 살아가면서 우리는 얼마나 많은 위기와 시련, 난제에 봉착하는가. 이런 난관을 뚫고 전진하려면 불굴의 정신이 필요하다. 그렇다. 진정한 영웅만이 인간과 세계와 관계를 맺으며 끝끝내 살아낸다.

지난날의 나를 되돌아본다.

거의 죽을 지경에 이르렀을 때 머리맡에 유서를 써놓고 신에게 따지듯 물었다.

"왜 하필 저인가요? 꼭 저여야만 했나요?"

신이 응답했다.

"그래, 너라고 안 될 이유가 없잖아? 너는 선택받은 거야."

나는 비로소 깨달았다. 내가 지금까지 죽지 않은 것은 선택받았기 때문이란 걸, 사포자기할 수 없었디.

내 안의 영웅을 불러냈다. 나는 환자가 아닌 영웅으로 일어났다. 그래야만 했다. 그리고 내 인생에서 가장 어두운 기나긴 밤을 통과했다. 결국 과거의 나를 벗고 전혀 다른 나로 거듭났다.

그림에서 청년은 여전히 탄생하고 있다. 완전히 다 이루어지지 않았다. 아직 그의 인생이 끝나지 않았기 때문이리라. 이는 죽지 않는 한 누구에게나 새로운 가능성이 열려 있다는 의미로 읽힌다. 과연 그는 한 생으로 어떤 삶과 자신을 창조할까?

욕망의 통사론

치아는 저마다 고유한 기능을 지니고 있다. 넓적하고 날카로운 앞니는 먹이를 베어내거나 잘라내고, 뾰쪽한 송곳니는 악착같이 물고 늘어지며, 어금니는 잘게 으깨거나 부순다. 치열을 살펴보면 이런 욕망의 통사론에 따라 이빨이 정연하게 배열되어 있음을 확인할 수 있다.

그런데 가장 안쪽에 박혀 있는 사랑니는 이들과는 성격이 다소 다르다. 인접성의 연쇄 단위로만 아니라, 그 연쇄를 종결시키는 하나의 부호로도 참여하고 있으므로. 그러니까 사랑니는 치열이라는 욕망의 구문에 의미를 매듭지어주는 마침표 역할을 한다는 말이다.

이 마침표가 없다면 욕망은 또 다른 욕망을 향해 미끄러지며 의미를 끝없이 지연시킬 것이다. 이런 치열의 통사론에서 우리는 삶의 보편적인 문법을 연역해 낼 수 있는데, 정리해보면 이렇다.

'욕망의 흐름에 사랑이 관여해 매듭을 지어주지 않으면, 삶은 의미를 생성하지 못한다.'

하지만 이렇듯 각별한 사랑도, 경쟁이 치열한 세상에서 쫓기듯 살다보면, 신경을 쓸 겨를이 많지 않다. 어떤 종류의 사랑을 추구하느냐에 따라 삶의 질이 결정된다는 걸 잘 알면서도, 바쁘다는 핑계로 외면하거나 소홀히 하기 십상이다.

문제는 변덕스럽고 까다롭고 심술궂은 사랑이, 그런 대접을 받고 가만히 있지 않는다는 데 있다. 보살피지 않는 사랑은 언제나 말썽을 불러일으킨다. 기실 인생이란 게 어차피 말썽이지만 사랑 때문인 경우가 허다하다. 아니 전부라고 해도 과언이 아니다. 종교적인 관점에서 살펴보더라도, 사랑을 실천하지 않으면 천국에 갈 수 없다고 하였으니, 이보다 더 큰 재앙이 없다. 이성 간의 사랑은 어떤가? 우여곡절이 많은 연애사, 항간에 나도는 뜬소문, 애통이 터지고 가슴을 졸이게 만드는 상대의 무관심, 전대미문의 추문, 분하고 하소연할 데 없는 억울한 오해, 날밤을 지새우게 하는 가슴앓이 등 끊임없이 문제를 불러일으킨다.

사랑은 내 맘과 같이 진행되지 않을 뿐더러, 늘 지속적인 관심과 정성어린 실천을 요구한다. 그렇다. 사랑은 그 자체만으로는 충분하지 않다. 거기에 변함없는 신앙과 헌신이 더해져야 한다.

그렇다면 사랑니의 경우는 어떨까? 그것 역시 한결같은 관심과 보살핌을 강요한다는 점에서 사랑과 크게 다르지 않다. 토마스 드 퀸시(Thomas de Quincey, 1785~1859년)는 인류가 겪는 비참함의 4분의 1은 치통 때문이라고 했다. 아프면 바로 진통제에 의존하는 현대인은 실감이 나지 않겠지만, 터무니없이 과장된 말은 아닐 것이다. 치통 역시 무엇보다도 이빨을 매일 정성스레 관리하지 않아 이나 잇몸에 이상이 생겨 발생한다. 특히 가장 안쪽에 있는 사랑니는, 칫솔이 구석구석에까지 잘 닿지 않으므로, 깨끗이 닦기가 무척 어렵다. 그래서 거의 모든 치통은 사랑니가 유발한다.

사랑과 사랑니, 이 둘은 꾸준히 보살피지 않으면 어김없이 그 대가를 혹독하게 치르게 한다. 치열에서든 삶에서든 사랑에 이상이 생기면 치명적인 결함을 지닌 셈이 되므로,

모름지기 끔찍한 고통을 받게 된다는 말이다. 물론, 경험으로 잘 아는 바와 같이, 그 비참함의 물성은 확연히 다르다.

고통苦痛은 정신적인 아픔인 고苦와 육체적인 아픔인 통痛을 아우른 말이라고 한다. 의미 관점에서 보면 고는 영어의 suffering에, 통은 pain에 대응한다. 문제가 생기면 인심이 후한 사랑은 정신적인 아픔인 고를, 사랑니는 육체적인 아픔인 통을 감당할 수 없을 만큼 듬뿍 안겨준다. 손사래 치며 아무리 사양해도 소용이 없다. 모두 끙끙 앓으면서 밤을 지새우게 만드는 대단한 선물들이다.

당연히 나도 한때 사랑니 때문에 극심한 통증을 자주 경험했다. 뼛속까지 얼얼하게 만드는 치통은 생각만 해도 지긋지긋하고 끔찍하다. 하지만 달리 생각해보면 살아 있음을 절절하게 느끼게 해주는 고마운 통증기도 하다. 인생의 가을인 50줄에 들어서면 그런 끔찍함을 느낄 기회마저도 없어진다. 사랑니가 남아 있지 않을 뿐더러, 다른 이도 하나둘 빠지기 시작하니까. 정말이지 물어뜯고 깨물면서 아프게 살았던 젊은 날이 그립기까지 하다.

몇 해 전에 어금니에 이상이 생겨 치과에 갔더니, 의사가 더 악화되기 전에 크라운을 씌워주는 게 좋겠다고 조언하였다. 무슨 말인지 잘 몰라 의아한 표정으로 의사를 쳐다보았다. "크라운이라니요?" 그는 미소를 머금고 잠시 나를 바라보더니 친절하게 설명해주었다. "일종의 왕관을 씌워주는 거예요. 이대로 놔두면 조만간 제 기능을 할 수 없게 돼요. 그렇다고 뽑아버릴 수도 없잖아요? 그 동안 노고를 생각해서 최대한 예우를 해주자는 거죠." 말인즉슨 썩고 마모된 상아질 일부를 걷어내고 그 위에 어금니의 본을 뜬 대체물인 크라운을 씌워주자는 의미였다. 나에겐 선택의 여지가 없었다.

신경치료를 받기 위해 치과 의자에 누워 입을 벌리고 있자니 씁쓸하고 서글픈 생각이 밀려들었다. 내가 좀 투덜거리는 게 사실이지만, 부실한 이빨로 인해 그렇게 만감이 교차할 줄 예전엔 미처 몰랐다. 의사가 입 안을 들여다보며 이렇게 말하는 것 같았다.

사랑니가 하나도 남아 있지 않네요? 참, 그러고 보니 사랑할 나이가 이미 지났군요. 사랑을 하는 데도 때가 있지요. 앞으로는 사랑보다 어떻게 해서 끝까지 살아내느냐, 그게 더 중요해질 거예요. 심장은 나이가 들어갈수록 식어갈 거고, 맥박 또한 점점 느려질 테니까요. 우리 모두는 자신의 삶을 여하간 완주해야 할 책임과 의무가 있지요. 이제 삶에 대한 가장 근본적인 욕망인 어금니에게 왕관을 씌워줄 때가 된 것 같네요. 삶의 욕망에게 전권을 위임해줄 필요가 있다는 말이에요. 입을 더 크게 벌려보세요. 대관식을 준비해야 하니까요.

쓸쓸함에 대하여

시대에 따라 정서도 변하는 것 같다. 기분이나 감정 등을 표현하는 몇몇 낱말의 쓰임을 살펴보다가 문득 그런 생각이 들었다. 가령 옛글을 읽다보면 시름이란 단어가 자주 눈에 띈다. 하지만 현대인의 글 어디에서도 이를 발견하기 어렵다. 몇 십 년 전까지만 해도 편지나 일기장에 힘을 주어 꾹꾹 눌러썼던 그리움이란 단어는 어떤가? 통신기술이 눈부시게 발전한 요즈음, 이 낱말을 사용하려고 하면 왠지 멋쩍고 낯이 간지럽다. 빨간 우체통이 거리에서 자취를 감추는 날, 이 역시 쓸 일이 없어질지도 모르겠다. 내 생각인지 몰라도 쓸쓸함도 이제 서서히 퇴장하는 단어가 아닌가 싶다. 반면, 절망, 고독, 소외 등은 오늘날 언중에게 많은 사랑을 받고 있다. 언어는 시대를 반영한다는 말이 맞긴 맞는 모양이다.

쓸쓸함에 대한 나의 그런 판단은 순전히 경험에서 우러나온 것이다. 얼마 전에 가을을 소재로 한 글감이 필요해 기억을 더듬어보았으나, 쓸쓸하다고 느낀 순간이 좀처럼 떠오르지 않았다. 나의 일상에서 쓸쓸함의 행방이 참으로 묘연했다. 호기심이 동하여 최근 몇 년간 쓴 일기를 꺼내 샅샅이 훑어보았다. 딱 한 군데 눈에 띄었다. 아, 얼마나 반갑던지.

기분이나 감정은 존재의 살갗과 밀접한 관련이 있다. 자신이 처한 환경이나 외부 자극에 따라 수시로 마음의 기상도가 변하므로. 이 살갗은 매우 연약하고 민감하다. 기쁜 소식, 좋은 평판, 어려운 상황의 호전, 이웃의 환대 등으로 존재가 환하게 빛나기도 하나, 살다보면 이 살갗에 무시로 크고 작은 상처를 입게 마련이다. 산전수전 겪은 사람만이 삶이 결코 만만하거나 호락호락하지 않다는 걸 잘 안다. 우리는 늘 이 상처 때문에 신음하고 괴로워한다. 그런데 상처와 연관이 있다고 단정하기에는 아리송하고 애매모호한 감정도 있다. 외로움이나 쓸쓸함이 그런 예이다. 이 둘은 결정적인 타격을 받지 않고 은연중에 조성된 거라, 그 판단이 매우 까다롭다. 알다시피 상처란 부상한 부위, 또는 어떤 힘에 의해 해를 입은 흔적을 말한다. 그런데 외로움이나 쓸쓸함은 미약한 통증 같은 것을 느끼면서도, 그 원인과 결과를 명확히 파악하기 어렵다. 존재의 살갗이 비밀리에 쓸리거나 닳아갈 때 느끼는 이런 감정, 이런 것도 상처에서 생성된다고 말할 수 있을까? 아니면 그저 자신이 처한 상황에 의해 형성된 막연한 아픔에 불과할까? 나는 이 지점에서 외로움과 쓸쓸함이 갈린다고 생각한다. 나의 의견은 이렇다. 외로움의 경우에는, 존재의 살갗에 표면장력과 구심력이 작용한다. 그래서 바람에 갈수록 여위어 가는 이슬이나, 흐르는 물살에 점점 동글어지는 조약돌과 같이, 미세한 상처들을 감쪽같이 내속해버리는 경향이 있다. 어떤 상흔도 보이지 않으므로 상처와 무관하다. 이를테면 긁으면 아프고 그냥 두면 가려운 '솔다'의 의미와 유사하다. 반면 쓸쓸함의 경우에는, 발산력과 원심력이 작용한다. 억새와 쑥부쟁이가 부산스레 흔들리는 언덕에 서 있는 돌미륵이나, 싸리비에 쓸린 너른 마당과 같이, 외부의 힘에 의해 침식된 질감을 밖으로 고스란히 드러낸다. 그러므로 아무렇지 않은 척 가장하거나 숨길 수 없다. 쓸쓸함은 상처, 다시 말해 찰과상과 관련이 있다. '쓰라리다' 또는 슳은쌀에서 '슳은'의 의미와 멀지 않다.

일기를 덮으며 곰곰 생각해보니 쓸쓸함에는 여러 요인이 복합적으로 작용하는 것 같았다. 그 요인들은 나름대로 꼼꼼히 따져보고 나서야 왜 쓸쓸함을 느낄 기회가 그렇게 적은지 이해하게 되었다. 그것은 결코 일상에서 추방해야할 부정적인 정서가 아니었다. 지금이야말로 삶의 행간에 극히 드물게 찾아오는 쓸쓸함의 가치를 재평가해야 할 시점이 아닌가 한다. 어쩌면 이제 천금처럼 아껴야할 것인지도 모른다.

그러면, 언제 쓸쓸함을 느끼는 걸까? 도대체 어떤 요소들이 존재의 살갗을 슳는 것일까? 나는 이를 크게 다섯 가지로 나누어 설명해볼까 한다.

첫째, 무엇보다도 존재는 온도, 특히 차가움에 쓸린다. '쓸쓸하다'는 '쌀쌀하다'의 방계혈족이다. '쌀쌀하다'의 큰말이면서, '외롭고 적적하다'라는 유전자가 다른 의미도 품고 있으므로. 쓸쓸함은 쌀쌀함의 이웃에 산다. 참고로 '쌀쌀'의 어원은 '쌀쌀한 바람'을 뜻하는 터키어의 'Sar-Sar'와 연관이 있다고 한다. 쓸쓸함에는 차가움, 바람 그리고 적적함의 이미지가 내포되어 있음을 알 수 있다. 그래서인지 봄이나 여름보다는 가을이나 겨울에 잘 드러난다.

둘째, 존재는 텅 빈 공간이나 지평에 쏠린다. 외따로이 홀로 있을 때, 또는 모든 관계가 끊겼다고 느낄 때, 새삼 자신에게 주어진 공간의 크기를 지각한다. 이때 불현듯 외로움이 찾아든다. 이 공간이 넓게 느껴질수록 외로움도 커진다. 사실 우리는 실로 먼 거리에 둘러싸인 존재다. 요컨대 세계 속에서 산다. 그런데도 언제부터인지 광활한 삶의 지평을 잃어버렸다. 아니, 의미와 실존의 바탕이 되는 지평을 거의 의식하지 않는다. 좁은 곳에서 법석을 떨며 복대기며 살아가는 도시인의 어쩔 수 없는 숙명일까? 여하튼 광막한 공간에 쏠리면 외로움 외에도 세계에 던져진 왜소하고 나약한 인간 본연의 모습이 저절로 드러난다.

내가 보고 있는 밀레의 그림 「만종」의 분위기가 다소 쓸쓸하게 느껴지는 것도 이 때문이리라. 나는 지금 「만종」을 컴퓨터 화면에 열어놓고 찬찬히 들여다보고 있다. 쓸쓸함에 미치는 공간의 영향을 객관적으로 확인하고 싶어서다. 들 한가운데 부부가 서서 고개를 숙인 채 삼종기도를 올리고 있다. 남편은 모자를 벗어 배에 가볍게 댔고, 아내는 두 손을 가슴 앞에 정성스레 모았다. 노을이 물든 하늘에 철새가 날아가는 것으로 보아, 가을 어느 날 황혼 무렵임을 알겠다. 대지에 꽂힌 쇠스랑, 감자가 든 바구니 그리고 손수레가 그들 주위에 보인다. 그림의 세로 방향으로 삼분의 이쯤 되는 곳에서 들이 끝나는데, 그 지평선의 중앙 부근에서 교회 종탑이 희미하게 빛난다. 은은한 교회 종소리가 들을 가득 채우고 있는 듯하다. 모르긴 해도 이 목가적인 풍경은 자연주의자인 밀레가 자신의 의지와 노력으로 발견한 결과물은 아니었을 것이다. 이렇게 삶의 결정적인 한 순간을 포착할 수 있었던 것은 어쩌면 뜻밖의 행운 덕분이었는지도. 기실 풍경은 지평이 사물들을 자신의 깊은 곳에 갈무리하지 않고 우리에게 제시해 줄 때에만이 비로소 인식할 수 있기 때문이다. 그것은 자연이 선사하는 일종의 선물이다. 그런데 이 「만종」 그림에서는 지평이 단지 보이지 않는 후견인으로 머물지 않고, 자신도 그 풍경 안에 공공연히 모습을 드러내고 있다. 삶의 터전이 원래 무한히 넓다는 사실을 일깨워주려는 듯. 이들 부부 뒤로는 어둑어둑한 대지가 끝없이 펼쳐져 있다. 하늘에는 엷게 물든 노을이 고요하게 번져가고. 이런 공간에서는 죽을 운명을 타고난 인간 존재의 특성이 오롯이 드러나는 법이다. 기도를 드리는 부부의 모습에서 삶의 그늘과 고단함이 눅진하게 묻어난다. 그래서인지 가냘픈 몸매에도 불구하고 엄숙한 침묵과 부동성을 유지하고 있는 부부의 존재가 유난히 무겁게 느껴진다. 대지는 이들의 지친 영혼을 고즈넉하고 평화롭게 감싸준다. 하지만 전체적인 분위기는 어쩐지 쓸쓸해 보인다. 그림이 보여주듯 유한한 인간이 무한한 공간과 헤아릴 수 없는 신의 은혜에 쓸렸기 때문이리라.

나의 젊은 날 기억의 갈피에서도 이런 아름다운 장면을 어렵지 않게 끄집어낼 수 있다. 이해를 돕기 위해 내가 경험한 보다 구체적인 예를 하나 더 드는 게 좋을 것 같다. 내 고향 마을 앞에는 넓은 들이 펼쳐져 있다. 그 한가운데로 은빛으로 빛나는 강이 들을 가르며 아스라이 흘러가는데, 젊었을 때 나는 늘 궁금했다. 저 강 너머에는, 아니 저 지평선 너머에는 누가 살고 있을까? 도대체 어떤 세계가 펼쳐져 있을까? 한번은 도저히 호기심을 잠재울 수 없어 용기를 내어 집을 나섰다. 아마 군 입대를 앞둔 어느 날이었을 것이다. 들을 지나고 강을 건넜다. 야트막한 산을 넘고 다시 들

길을 걸었다. 하지만 아무리 걸어도 지평선에 닿을 수 없었다. 그것은 다가선 만큼 물러났다. 스스로를 새롭게 구성하면서 여전히 그만큼의 거리에서 나를 가두었다. 동서남북 어느 쪽으로도 결코 월경을 허용하지 않았다. 내가 항상 세상의 중심에 있어야 한다는 듯, 세상 한가운데서 살아야 한다는 듯. 그랬다. 알고 보니 나는 세상의 움직이는 중심이었다. 그런데도 무모하게 세상의 경계를 넘으려 한 것이다. 그때는 몰랐지만 한참 세월이 흐른 후에야 지평선은 나 같은 범속한 인간이 결코 넘을 수 없는 신성한 선이라는 걸 깨닫게 되었다. 오직 신을 찾아서 한 줄기 가느다란 외길을 따라 떠나는 순례자만이 가까스로 지평선을 넘어가지 않는가. 점점 다리가 뻐근해지고 무거워졌다. 후회가 밀려들었다. 그때 그 들이 내게 말했다. 어서 집으로 돌아가라고, 세상은 나중에 알아도 늦지 않다고. 결국 발걸음을 돌릴 수밖에 없었다. 돌아오는 길에 강둑에 핀 구절초 꽃가지 하나를 꺾어 들었다. 그리고 엄지와 검지로 가만히 돌려보았다. 한곳에 뿌리를 내리고 한 계절 속절없이 흔들린 것, 얼마나 많은 바람을 보냈을까? 향기로웠다. 저무는 들을 어깨너머에 두고 강변을 걸으며 나는 나직이 휘파람을 불었다.

셋째, 존재는 시간에 쓸린다. 그것도 저물거나 흐릿해지는 쪽으로. 그래서 쓸쓸함은 아침보다는 저녁에, 다채롭고 매끄럽게 반짝이는 것보다는 바래거나 거친 것에 잘 드러난다. 지팡이를 옆에 놓고 볕이 잘 드는 툇마루에 걸터앉은 노부부에게서 쓸쓸함이 느껴지는 것은 그들이 시간에 쓸렸기 때문이다. 빛바랜 옛 사진을 들여다보면, 어떤 순간을 포착한 것이든, 설혹 환하게 웃는 모습일지라도 쓸쓸함이 묻어난다. 소리는 어떤가. 축음기에서 흘러나오는 임방울 명창의 판소리나 유행이 지난 옛 가요, 심지어 국가의 원대한 비전을 제시하는 지난 대통령들의 연설을 들어보아도 예제 없이 그 배후에서 아련한 애조가 느껴진다. 상품은 어떤가? 눈깔사탕, 누가, 라면땅, 장난감 태권브이, 진공관 라디오, 흑백텔레비전 등도 역시 그런 감정을 환기시킨다.

이쯤에서 발터 벤야민이 내세운 '아우라'를 언급하지 않을 수 없다. 고대 그리스어 기원에 따르면 입김, 공기 그리고 가볍고 부드러운 바람 등의 의미를 갖는 아우라는 흔히 '영기'나 '신비로운 분위기' 등으로 번역된다. '신의 입김' 또는 '육체 주위에 맴도는 빛의 너울' 등으로 정의되기도 한다. 벤야민은 이를 종교적 제의에서 기원하는 것으로, "시간과 공간의 특별한 직물", 즉 아무리 가까이 있어도 아득하게 느껴지게 하는, 지금·여기밖에 없는 신비로운 일회적인 현상으로 보았다. 그리고 원본이 아닌 사진과 같은 복제품이나 대량 생산된 상품에서는 경험될 수 없는 것으로 여겼다. 그러니까 주로 종교적 의미로 쓰이던 아우라를 철학적·미학적 의미로까지 확대 적용한 것이다. 정말 그럴까? 진정 오직 원본의 권위를 보증해주는 것이 아우라일까? 분수도 모르고 나선다고 불평이나 핀잔을 들을 각오를 하고, 내 식으로 좀 더 이해하기 쉽게 다시 정의해보련다. 그가 말하는 아우라는 원본 예술작품에 대해 우리가 갖는 "인식과 감정"의 아우라인 점을 감안해서 말이다. "아우라, 그것은 시간과 공간이 조성하는 특별한 분위기, 즉 쓸쓸함이다." 벤야민이 예로든 초기 은판 초상 사진들을 보라. 사진 속 인물들이 한결같이 쓸쓸함을 드러내고 있지 않는가. 앞에서 달제어獺祭魚처럼 두서없이 나열한 것들도, 취향이나 유행, 또는 욕망이나 꿈의 제단에 올린 신성한 희생들이라고 볼 수 있다. 그러므로 어떤 것이든 제의성을 결코 벗어날 수 없다. 물론 상품도 예외가 아니다. 시간에 쓸리면 예외 없이 아우라가 조성된다. 이렇게 단정적으로 말하는 이

201

유는 기술 복제 시대의 예술 특징인 '아우라의 붕괴' 자체를 부정하고 싶어 그러는 게 아니다. 일견 모순되는 말로 들리겠지만, 벤야민의 견해에 대체로 동의한다. 상품이든 예술작품이든 복제되어 유통되는 그 시점에서는 (원본의) 일회성은 (복제품의) 반복성으로, 지속성은 일시성으로 전환되면서 아우라가 붕괴된다고 믿기 때문이다. 정작 내가 말하려는 바는 벤야민이 주목하는 시점에 있지 않다. 그 다음 사태에 있다. 그러니까 아우라가 사라졌다고 믿는 그런 복제품일지라도 오래되면, 다시 말해 남아 있는 것들이 점점 희귀해지면서 시간에 쓸리게 되면, 아우라가 되살아난다는 말이다. 붕괴된 곳, 즉 폐허에 어김없이 드러나는 게 바로 쓸쓸함이 아닌가. 붕괴나 몰락이라는 말 자체에 이미 제의성이 함축되어 있지 않은가. 요컨대 불꽃이 사그라진 잿더미 속에서 불사조처럼 아우라가 환생한다는 말이다. 이것이야말로 아우라의 진면목이 아닌가 한다. 그러고 보면 사진이나 영화는 예술로서 자신의 광채나 신비를 스스로 충전해간다고 볼 수 있겠다.

넷째, 존재는 조명, 즉 어스름에 쓸린다. 누구라도 혼자 찬물에 밥을 말아 먹어본 적이 있을 것이다. 말없이 훌훌 밥을 떠먹을 때면 얼마나 기분이 스산해지고 울적해지는가. 고개 숙인 얼굴에는 자신도 모르는 사이게 우수가 깃든다. 빈방에서 먹다 만 비빔밥을 한쪽에 밀어둔 채 맨발로 무릎 깍지를 하고 생각에 잠겨 있는 모습을 어떤가? 비슷한 사례로, 입을 대다 만 밥그릇을 앞에 두고 짓무른 눈을 게슴츠레하게 뜨고서 누워 있는 개의 모습은? 그럴 때면 개는 파리들이 눈 주위에 들러붙고 주변을 맴돌며 성가시게 해도 꿈쩍하지 않는다. 모두 먹는 것만으로는 채울 수 없는, 삶의 허기에서 오는 그늘이 느껴진다. 그리사유grisaille 기법으로 그림자를 강조한 그림처럼. 어두운 등은 쓸쓸함이 내리는 스크린이다. 이보다도 쓸쓸함이 잘 드러나는 게 또 있을까? 힘든 일과를 마치고 지친 몸으로 자신의 집 문 앞에 선 가장, 어서 가라고 손짓하며 뒤돌아서는 아버지, 호주머니에 손을 찌르고 가로등 밑으로 멀어져가는 연인의 등을 보라.

마지막으로 다섯째, 존재는 끗발, 즉 욕망에 쏠린다. 몇 해 전에 아내가 고교동창회에 참석차 광주에 내려간 적이 있다. 졸업한 지 30년이 된 기념으로 은사를 모시고 갖는, 가수까지 초청한 의미 있는 자리라고 했다. 토요일 오후에 빠듯한 비행기 시간에 맞추려고 한바탕 법석을 떨다가 떠났다. 차로 공항에 데려다주고 집에 돌아오니 거실에는 옷가지며 반짇고리, 화장품, 빈 가방 등이 어지럽게 널려 있었다. 그것을 정리하는 것은 온전히 내 몫이었다. 한참 치우고 있는데 거실 바닥에 떨어진 화투짝 두 장이 눈에 띄었다. 반짇고리나 패물 상자 안에 있는 화투 모에서 흘러나온 것 같았다. 주워서 살펴보니 하필 산 위로 기러기가 날아가는 공산 십끗과 난초 피였다. 그 두 장을 만지작거리며 서 있으려니 알 수 없는 막막함과 함께 쓸쓸함이 밀려들었다. 공산 십끗과 난초 피, 그것은 그날 내가 쥔 패였다. 그리고 나는 홀로 남겨졌다. 어찌 쓸쓸하지 않겠는가. 내 삶의 행간에 쓸쓸함이 모처럼 방문한 정말 소중한 순간이었다. 물론 이 이야기는 앞에서 언급한 대로 일기에 쓰인 에피소드를 재구성한 것이다. 이렇듯 쓸쓸함은 자신이 쥔 패와도 관련이 있다. 그것은 으뜸이 아닌 버금을, 버금이 아닌 그 이하를 받아들이는 작은 체념에서 온다. 그날 내 처지를 순순히 인정하지 않았다면 결코 쓸쓸하지 않았을 것이다. 쓸쓸함은 희망을 비축하면서 잠시 뒤로 물러섬이다. 샴페인 거품이 꺼졌을 때 컵 안을 들여다보면서 느끼는 작은 허무이며, 썰물이 남기고 간 조금 나루의 풍경이다. 승자를 인정하고 배려할 때

어쩔 수 없이 마음에 깃드는 감정이기도 하다. 그러므로 결코 절망에까지 이르지는 않는다. 「한계령」의 노랫말에 이런 대목도 있지 않은가. "저 산은 내게 내려가라, 내려가라, 말하네." 그렇다. 쓸쓸함은 한계를 알고 내려가는 자의 것이기도 하다.

언제부터인지 가을을 잃어가는 것 같아 안타깝다. 누구나 사계절 인간으로 태어났으면서도 온전히 사계절을 사는 것 같지 않다. 정서적인 의미에서 말이다. 점점 삶의 질감을 잃어 간다는 생각도 든다. 쓸쓸함만큼 존재의 촉감을 고스란히 드러내는 것도 없지 않은가. 쓸쓸함은 안분지족의 관문이기도 하다. 성인이 아닌 다음에야 쓸쓸함을 거치지 않고 어떻게 분수를 지키며 살 수 있겠는가. 모두 '더 빨리, 더 높이, 더 많이'를 추구할 때, 속도를 늦추고 적당한 선에서 만족할 줄 아는 지혜도 필요하다고 본다. 끝없이 욕망을 부추기는 사회일수록 쓸쓸함을 붙들어야 하는 절박함이 여기에 있다. 쓸쓸함이 곳곳에 배어 있는 세상이야말로 살기 좋은 세상이라고 말한다면 자가당착에 빠진 어불성설일까?

오후의 향기

내 안의 날씨 때문에 흔들리는 날이 있다. 내 안에 부는 바람 때문에 마냥 걷고 싶은 날이 있다. 늦은 오후, 들뜬 나를 다스리지 못하고 결국 집을 나선다.

큰길로 나와 오거리에 이르니 여러 갈래의 길들이 나의 선택을 기다리고 있다. 무심한 발길은 2층에 옛날식 다방이 있는 건물을 끼고 돌아, 참으로 오랜만에, 젊었을 때 자주 다녔던 시내 쪽으로 향하는 길로 들어선다. 물론 그 길을 택한 데는 특별한 이유가 있을 리 없다.

예전과 달리 거리가 한산하다. 가까이에 있는 재래시장의 규모가 크게 준 데다 경기까지 침체되어 그럴 것이다. 거북당금은방, 가위손미용실, 엄마손정육점, 압구정의류점을 차례로 지나 수제화점 앞에서 발걸음을 멈춘다. 이 점포는 내가 기억하기로 30년 넘게 자리를 지키고 있다. 오랜 친구를 만난 것처럼 반갑다. 나이 든 사내 셋이 초록색 카펫을 깐 테이블에 둘러앉아 트럼프를 치고 있다. 찾아오는 고객이 이젠 거의 없나 보다. 잠시 진열된 구두를 살펴보다 유리창에 비친 내 모습을 보며 천천히 발걸음을 옮긴다. 바로 옆에는 주차장으로 쓰이는 공터가 있다. 그곳을 지나치니 문에 오운육기, 양기음혈보, 체질분석, 사슴육골 등의 글씨가 쓰인 제원당한약방이 나온다.

이 동네는 이미 오래 전부터 과거의 영화만을 그러안고 산다. 산을 등지고 있어 늘 개발계획에서 소외된 탓에, 지금은 시에서 노인이 가장 많이 사는 지역에 속한다. 거리는 이제 꿈을 꾸지 않는다. 그저 옛 영화를 반추하며 쓸쓸히 그렇고 그렇게 지낼 뿐. 건물들이 전에 비해 낮아 보이고 길도 좁아 보인다.

청년회 사무실, 천상선녀 점집, 석재무역, 복섬포차를 지나 함석으로 닥트를 만드는 공방 앞에 이른다. 공방 안은 염결성이 느껴질 정도로 단출하다. 긴 나무 테이블 하나만 달랑 놓여 있을 뿐이다. 도면에 따라 함석을 잘라 고무망치로 접거나 구부린 다음, 몇 군데 리베팅을 하여 닥트를 만든다. 완성된 제품은 공방 바로 앞에 서 있는 은행나무 아래 쌓아놓는다. 환기시설이 필요한 식당이나 공장 등에서 주문받은 것이리라.

작은 사거리가 나와 길을 건넌다. 음식 재료를 공급하는 물류센터를 지나니 장애인 복지센터가 들어선 4층 건물이 맞아준다. 신점을 보는 영천사와는 골목을 사이에 두고 있다. 영천사 건물 귀퉁이에는 빨강, 파랑, 하양 세 개의 깃발이 너풀거리는 마른 간짓대 하나가 세워져 있고, 안을 들여다볼 수 없도록 선팅을 한 유리창에는 '천상명두 홍보살'이라고 쓰여 있다. 인도에는 붉은 우체통이 연석에 바투 붙어서 있다. 바람이 불 때마다 간짓대에 매달린 빛바랜 깃발들이 부풀어 오르며 나부낀다. 회색 비둘기 네 마리가 긴 그림자를 드리운 우체통 앞에 흩뿌려놓은 쌀을 바쁘게 쪼아 먹는다. 내가 가까이 다가가도 자리만 조금 비켜설 뿐 날아갈 생각을 하지 않는다. 비낀 햇살에 쌀 톨들이 소금처럼 하얗게 반짝거린다. 메는 조상신이나 터주 신에게, 쌀은 천신에게 올리는 거라 들었다. 홍보살은 천신께 올렸던 쌀이니 당연히 하늘의 전령인 비둘기에게 주어야 한다고 생각한 걸까? 그런 건지도 모르겠다. 영천사 문이 빠끔히 열려 있어 옅은 선향 냄새가 공기 중에 떠돈다. 그 냄새를 맡으니 속이 약간 메스껍고 거북하다. 신당 안을 살펴보니 놋동이, 향꽂이, 대신방울, 언월도 등이 언뜻 보인다. 길 건너편에도 환희정사란 철학원이 있다. 예전에는 없던 점집과 철학원이 군데군데 자리 잡고 있어서일까? 이상하게도 친밀함 속에 낯섦이 느껴진다. 내세울 게 없는 따분한 작은 삶조차 잃게 될까 전전긍긍하게 마련인 주민들에게, 이들은 간판을 내걸고 운명은 바꿀 수 있다고, 모든 불운은 자신의 잘못이 아니며 피해갈 수 있다고 설득하는 것 같다. 하지만 사람들은 알리라. 이들 역시 사연과 곡절이 많은 과거사나 주워섬길 뿐, 미래에 대해서는 코멘트해줄 게 거의 없다는 사실을.

　이 거리도 이제 체념을 아는 것 같다. 희망하는 젊음이 있었으니 체념하는 노년이 있음은 당연하다. 스토아 철학자들이 하나의 삶의 대안으로 선택하였듯, 체념은 포기와는 전적으로 다르다. 가능성을 실험해보고 나서 자신의 능력으로는 어찌해볼 수 없다는 걸, 다시 말해 삶에는 한계가 있다는 걸 순순히 인정하는 태도이므로. 한계를 아는 자는 그 안에서 평화로울 수 있다. 해야 할 일과 해서는 안 되는 일을 경험으로 알기에. 이 거리도 물질을 변화시켜 새로운 세상을 건설하기보다는, 추억의 조각이나 추상적인 개념을 어루만지며 천천히 늙어가는 것 같다.

포석 사이에 드문드문 난 잡풀들이 바람에 몸을 떤다. 긴 그림자를 이끌고 우수에 젖어 걷는 나의 발걸음은 조용하고 차분하다. 나는 가벼운 스니커즈를 신었다. 어떤 흔적도 남기지 않고 이 거리를 지나가고 싶다.

앞쪽에서 난데없이 트럼펫 소리가 들려온다. 내가 꿈을 꾸고 있나?

길은 '책 속의 책'이라는 간판을 단 책 대여점으로 이어진다. 유리창이 깨지고 칠도 곳곳에 벗겨져 있어, 한눈에 영업을 하지 않는 곳임을 알겠다. 바로 옆 간판이 없는 이층 건물도 셔터가 내려진 채 자물통이 굳게 채워져 있다. 좁은 골목 입구를 지나니 삼화 페인트 대리점이 들어선 허름한 건물이 나온다. 유리창에 조적·방수·타일 공사, 수도·보일러·배관 공사라는 글이 쓰여 있는 걸로 보아 페인트만 취급하지는 않는 것 같다. 그런데 그곳에서 트럼펫 소리가 하늘 높이 힘차게 솟아오른다. 매혹적인 금관악기 소리에 발걸음을 멈추지 않을 수 없다. 곡명을 알 수 없어 아쉽긴 해도 연주 솜씨가 비교적 흠잡을 데 없이 깔끔하다. 주변을 살펴보건대 시끄럽다고 불평할 사람도 없을 것 같다. 이 건물을 끝으로 길은 산모퉁이를 돌아 주택가 쪽으로 느리게 흘러가므로. 누가 저물어가는 하루를 이토록 우아하고 따뜻하게 애도하는 걸까?

석축을 두른 잘린 산모퉁이에 접어들었을 때도 여전히 트럼펫 소리가 들려온다. 한 길 반쯤 되는 석축 위에는 철책을 치고 쥐똥나무를 심어놓았다. 서녘 하늘을 보니 한 줄기 미약한 노을이 막 피어오르고 있다. 지상에 비끄러맬 수 없는 금관악기 소리가 하늘에 닿아 노을로 피어나는 듯. 어쩌면 페인트 대리점 주인은 오늘 트럼펫으로 가게 안에 쌓아놓은 온갖 빛깔을 멜로디로 풀어내 하늘을 곱게 물들일 작정인지도 모르겠다.

점점 온기가 식어가는 거리에 어스름이 깔리기 시작한다.

산모퉁이를 막 돌아서려는데 짙은 인동꽃 향기가 나의 존재를 휘감는다. 갑자기 엄습하는 향기와 눈부신 저녁 햇살에 아득한 현기증이 일어 가볍게 석축에 손을 짚는다. 그래, 늘 앞만 보고 똑바로 걸을 수만은 없겠지. 살다보면 자신의 삶, 자신의 발걸음에 취할 때도 있으니까.

인동덩굴 아래서 숨을 고르면서 나는 아름다운 추억을 회상하듯 지나온 길을 뒤돌아본다. 석양빛이 가득 들어찬 거리가 금빛으로 물들어 환하게 빛난다. 그래서인지 거리가 더 아늑하고 넓게 보인다.

아름다움은 황홀함이다.
그것은 허기처럼 단순하다.
달리 어떤 말도 더 필요하지 않다.

_윌리엄 서머싯 몸

겨울

겨울밤

서산에 사는 지인이 전혀 생각지도 않은 사과를 보내주
었다. 누구보다도 아내가 좋아한다. 식구끼리 나눠 먹으려
고 과수원 한쪽에 따로 재배한 것이니, 깎아 먹지 말고 잘
씻어 껍질째 먹으란다.

사람들이 사과를 좋아하는 것은 뭐니 뭐니 해도 건강에
유익하기 때문일 것이다. 나라고 예외일 수는 없다. 하지만
나는 이 외에도 사과의 존재론적 가치 또한 높게 평가한다.
사과는 고유한 빛깔과 향을 간직한 채 그저 집 어딘가에 놓
여 있기만 해도 일상의 정조가 미묘하게 바뀐다. 밥을 짓거
나, 전화로 수다를 떨거나, 음악을 듣거나, 책을 읽거나, 잠
을 자는 것과 같은 사소한 행위들도, 사과라는 존재와 어울

리면 얼마나 그 의미가 풍요로워지는가.

눈이 내리는 고요한 밤, 나는 집에 사과를 넉넉히 쌓아놓고 있다. 어찌 행복하지 않겠는가.

독서

출판사에서 책에 가름끈을 넣어두는 것은 독자를 배려한 친절한 처사라고 할 수 있다. 독서 진도를 관리하는 데 도움을 주기 때문이다.

그렇다고 모든 책에 가름끈이 붙어 있는 것은 아니다. 그게 없는 책도 드물지 않다. 대체로 얇거나 이해하기 쉬운 책들이 그렇다. 나는 그런 책을 읽을 때마다 출판사가 은근히 부추기는 듯한 묘한 강박에 시달린다. 가름끈이 없는 책은 처음부터 끝까지 단숨에 읽기를 강요하는 것 같다.

이와는 반대로 얇은 책인데도 가름끈을 넣어둔 게 있다. 속내를 털어놓자면 나는 이런 책을 좋아한다. 아니, 좋아하는 정도를 넘어 지극히 탐한다. 당연히 서두르지 않고 아껴가며 조금씩 읽는다. 느긋하게 행간을 사색으로 채워가며 읽거나, 아예 책을 덮어두고 다른 일을 하면서 가름끈을 끼

위놓은 곳의 내용을 음미한다. 이것도 일종의 강박이랄 수 있겠다.

지금 읽고 있는 것은 안토니오 타부키의 『페레이라가 주장하다』라는 소설이다. 최근 몇 년 사이에 그의 선집이 계속 나오고 있다. 그의 책은 거의 모두가 한결같이 얇다. 그래서인지 가름끈이 없다. 하지만 몇 장 넘기지도 않았는데도 작가가 어찌나 말을 아끼고 절제하는지 단숨에 읽어서는 안 될 것 같은 생각이 든다.

담배가 떨어져 무의식중에 빈 주머니를 더듬는 니코틴 중독자처럼, 책을 읽다 말고 여기저기 뒤적인다. 어디에 두었더라? 다른 책도 들춰보고 노트도 들춰본다. 하지만 쉽게 눈에 띄지 않는다. 당장 손에 쥐지 못해 안타까운 그것, 서랍을 열어본다. 다행이 그곳에 내가 찾고 있는 서표가 있다.

나는 그걸 책갈피에 끼워놓는다. 그리고 안도의 한숨을 내쉰다.

술과 소금

미나토 지히로는 『생각하는 피부』에서 스페인의 한 작은 술집에서 경험한 일을 인상 깊게 묘사한다. 기억을 더듬어 그 내용을 적어보면 이렇다.

저자가 포도주를 주문하고 가게 안을 둘러보니, 두 남자가 한쪽에서 작은 잔으로 데킬라를 홀짝이고 있다. 이 독주의 안주로는 소금이 제격이라고 한다. 한번 그 맛을 들이면 뗄 수 없게 된다나. 그런데 그가 보기에 그 술집은 소금이나 라임 조각을 놓아둘 만한 작은 접시를 별도로 내주지 않는 것 같다. 그들이 엉뚱한 곳에 소금을 올려놓고 술을 마시는 걸 보면. 손등을 위쪽으로 하고 엄지손가락을 위로 치켜들어 보라. 그러면 손목 관절 부근에 엄지손가락을 제어하는 두 힘줄이 선명하게 드러나면서 오목하게 들어간 곳이 생길 것이다. 놀랍게도 두 남자는 그곳에다 소금을 놓아두고 있다.

데킬라를 마시는 데는 여러 가지 방법이 있다고 한다. 저자가 묘사한 두 남자는 라임이나 레몬 즙을 손등에 바르고 소금을 뿌린 뒤 그것을 혀로 염소처럼 핥아 먹는, 가장 널리 알려진 슈터shooter라는 방법을 택한 듯 보인다. 위에서 묘사한 손동작을 취하면 자연스레 총을 쏘는 모습이 될 것이다.

그 장면을 읽으면서 술과 그림밖에 몰랐던 고 장욱진

(1917~1990) 화백이 떠올랐다. 가족의 증언에 의하면 화백도 한번 술을 입에 대면 한 달 내내 소금을 손금 위에 올려 놓고 그걸 안주 삼아 마셨다고 한다. 동심과 가족을 소재로 한 천진무구한 그림만을 작은 화폭에 담았던 그가, 왜 안주로 소금만을 고집했을까? 그도 술과 소금, 이 두 성분이 조성하는 오묘하고 불가해한 맛에 중독된 것일까? 아니면 가족과 떨어져 홀로 그림만 그리고 있자니, 중국 원나라 때의 화가 예찬(倪瓚, 1301~1374)의 말마따나, "신세가 쓸쓸하여 깃털처럼 가벼워, 흰 소라 술잔 속에 푸른 바다를 마시고(身世蕭蕭一羽輕 白螺杯裏酌滄瀛)"싶었던 것일까?

요즈음 나도 잠자리에 들기 전에, 그러니까 밤 11시쯤에 소금을 안주 삼아 약주를 한 잔씩 마신다. 오늘도 어찌 이 의식을 행하지 않고 그냥 넘어갈 수 있으랴. 천마天麻를 30도 술에 담근 것인데, 숙성기간이 1년밖에 되지 않아서인지 조금 역한 냄새가 난다. 2년 이상 되면 술맛이 순해지고 냄새도 사라진다고 들었다. 건강을 회복할 목적이 아니라면 마시고 싶지 않은 술이다. 안주로 소금을 택한 것은 무엇보다 번거롭지 않아서인데, 마시다보니 술의 나쁜 뒷맛을 깨끗이 정리해주는 장점도 있는 것 같다.

장 화백이 술안주로 소금을 택한 것은 단지 맛 때문만은 아니었을 것이다. 물론 예술가에게 감각 질료는 대단히 중요하다. 화가의 경우 자신만의 선과 색을 찾기 위해 얼마나 많은 시간과 노력을 쏟아 붓는가. 하지만 예술은 그것만으로는 부족하다. 그 이상의 것을 필요로 한다. 장 화백은 어쩌면 뛰어난 예술가답게, 감각적인 맛 너머의 아름다움, 그러니까 술과 소금, 이 두 물질이 빚어내는 미감, 즉 단순함에 중독된 게 아니었을까? 그는 늘 이렇게 말했다고 한다.

나는 심플하다.

우격다짐

투박한 손은 매사 거칠고 서툴러 뒤가 깔끔하지 못하다. 대체로 그런 손은 맑지 않고 탁하다. 하지만 사과를 쪼갤 때만은 예외다. 다짜고짜 사납게 움켜쥐고 짓뭉개버릴 듯 우격다짐으로 힘을 가하는데도 의외로 뒤가 깔끔하다. 두 쪽으로 쪼개진 사과를 보라. 얼마나 산뜻한가.

하루는 한 번에 통째로 이해하기에는 너무나 신비롭고 불그스름한 실체다. 그래서 죽을 때까지 주어지고 또 주어진다. 그것은 매일 맛보아야 할 그 어떤 것이다. 우리 모두는 평생 하루라는 과일만 지겹도록 맛본다. 고요한 밤, 미끈하고 부드러운 손으로—나의 손은 투박하지 않다—불가사의한 하루의 둥근 윤곽을 더듬는다. 아니, 쓰다듬는다. 매끄러운 감촉과 달콤한 향기, 나는 안다. 바로 지금이 아니면 이걸 제대로 음미할 수 없다는 걸. 사려 깊고 섬세한 손으로, 이 하루의 표면을, 그러니까 습곡과 평원으로 이루어진 붉은 시간의 지리를 주의 깊게 탐색한다. 어찌 제대로 음미하지도 않고서 추억의 선반 위에 올려놓겠는가. 이 물리적 실체를 두 손으로 꽉 움켜쥐고서, 세시와 아홉시 방향의 벡터로, 가차 없이, 그래 우격다짐으로, 힘을 가한다. 손은 감각으로 어떤 역학이 필요한지 제때에 안다.

쩍! 하루가 산뜻하게 쪼개진다. 자정이 환하게 열린다.

나는 활짝 열린 이 신성한 카이로스의 문을 통해,

눈부신 빛 속으로,

영원 속으로 들어간다.

누가 노래했나. 질문과 답 사이에는 대양의 침묵이 있고, 요람과 무덤 사이에 나의 삶이 있으며, 어제와 내일 사이에는, 있었고, 있을 수 있었고, 있어야 했던 그 모든 일들이 있다고.

시간의 형식이 해체된 향기 속에서, 깨어 있는 나의 자아
는, 초록의 눈, 영원한 봄을 품은 무한한 눈이 된다.

일기쓰기

노트에 일기를 쓰다보면 작은 불만 하나가 나를 늘 아쉽
게 한다. 예전에는 형식적인 면에서 삶과 일기장 사이에 불
화가 없었다. 삶이 낮과 밤, 현실과 꿈으로 구성되어 있듯,
일기장도 매끄러운 면과 거친 면으로 구성되어 있었으니
까. 요즈음 나오는 노트는 제조 기술이 발전해서인지 낱장
의 앞뒷면이 모두 한결같이 반들반들 빛난다. 오로지 낮으
로만 구성되어 있는 것 같다.

프랑스에서는 앞면과 뒷면을 구분하는 데 보통 recto와
verso라는 단어를 사용하는데, 때로 예쁜 페이지belle page와
가짜 페이지fausse page라는, 미학적으로 꽤 고상한 명칭을 사
용하기도 한다. 읽고 쓰는 데 편한 오른쪽 면을 예쁜 페이지
로, 넘기면 그 뒤나 왼쪽에 있는 불편한 면을 가짜 페이지로
부르는 것이다.

오늘도 9시에 퇴근한 아내는 피로에 젖어 일찍 잠자리에 든다. 아내는 말을 많이 해야 하는 직업을 가졌다. 얼마나 피곤한지 불만이나 잔소리를 늘어놓을 기력도 없나 보다. 안쓰러워 이불깃을 조심스럽게 추슬러 준다. 자주색 깃털 이불을 덮고 곤히 자는 아내의 모습이 오늘따라 참 곱다. 나는 이런 모습을 낮과 현실의 페이지인 예쁜 페이지에 적어 둔다.

늘 어제와는 다른 오늘을 꿈꾸지만 그렇고 그런 단조로운 삶······.

밖에는 여전히 눈이 내린다. 홀로 깨어 이 밤을 지키려니 조금은 외롭게 느껴진다. 고요한 밤, 이렇게 낭만적인 밤엔 잠을 자는 아내는 곁에서 완벽한 사랑을 꿈꾸는 것도 나쁘지 않을 듯하다. 불순하고 불온하다고? 천만에. 얼마나 멋진 일인가. 이렇게 순수하고 평화로운 밤에 사랑의 신화를 찾아 나서는 일이.

나는 곧 그녀를 만나러 갈 것이다. 어쩌면 그녀도 자신의 운명을 맞아들일 준비를 하고 있을지도.

결국 그녀와 나는 레스토랑에서 마주보고 앉아 점심을 먹게 될 것이다. 하지만 식사가 끝날 때까지 우린 한마디 말도 나누지 않을 것이다. 차 한 잔 마시고 헤어지려니, 소개해준 지인에게 미안한 생각이 들어, 자리를 옮겨 예의상 식사를 하는 것뿐이니까. 왠지 멋쩍고 서먹할 것이다. 계속되는 침묵이 내 책임인 것 같아 마음이 조금 불편하기도 할 거고. 어떻게든 어색한 상황을 벗어나고 싶으나 마땅한 말이 전혀 떠오르지 않을 것이다. 격식과 품위만 넘쳐나는 식사, 결국 단조롭고 따분한 식사를 마친 나는 포크와 나이프를 조용히 내려놓겠지. 여전히 실내에는 잔잔한 음악이 흐를 거고. 물로 입을 축이고 냅킨으로 입술을 닦고 있을 즈음, 커피가 나올 것이다. 정해진 절차에 의해 언제나 그렇듯. 정체를 알 수 없는 불안감, 거기에 조바심까지 더해질 것이다. 커피를 마시고 나면 서로 등을 돌리고 각자 제 갈 길로 나서게 될 테니. 투명한 유리가 덮인 테이블에, 꽃무늬가 프린트된 우아한 사기 커피 잔이 놓이면서 맑고 차가운 소리를 낼 것이다. 그제야 정신을 차린 나는, 서로 다른 의미로 참여하고 있는 공동의 긴 침묵을 깨뜨리며, 조용히, 입을 떼게 될 것이다. 그래, 운명처럼 꿈꾸듯이. "제가 달콤하게 해드릴게요." 나는 그녀의 의향도 물어보지도 않고 대뜸 커피에 설탕을 듬뿍 넣어줄 것이다. 네 스푼 정도. 진정한 화학자는 어떤 물질도 완전히 없앨 수 없다는 걸 잘 알기에, 오로지 물성을 바꾸는 데만 관심을 쏟는 법. 놀랍게도 물성이 바뀐 그 커피를, 자신의 삶까지 바꿔놓을 그 커피를, 그녀는 조용히 입으로 가져갈 것이다. 초롱초롱 빛나는 눈으로 나를 지그시 쳐다보면서. 나 역시 의자 등받이에 걸린 외투를 걸치고 일어서려다가, 내 앞에 완벽한 사랑이, 그 무엇으로도 대체할 수 없는 절대적인 사랑이 도래해 있음을 깨닫고는 자리에 다시 앉게 될 것이다. 우린 비로소 눈을 맞추게 될 것이다.

그로부터 정확히 10주 후, 완벽한 사랑을 업고 그녀가 사는 집의 골목에 들어서게 될 것이다. 달콤한 삶을 꿈꾸며 등에 얼굴을 묻은 그녀가 결코 무겁게 느껴지지 않으리라. 모퉁이를 돌아 새로 나타난 골목 중간쯤에 이르러, 대문을 열고, 석류와 목련 그늘이 드리워진 마당을 지나, 현관 앞에 서게 될 것이다. 그녀 식구들이 기다리고 있는 그곳에 사랑을 내려놓고, 나는 그녀의 어머니에게 엎드려 큰절을 올리게 될 것이다.

얼마나 아름다운 이야기인가. 오늘은 이 신화도 일기에 써넣고 싶다. 아무렴. 그래야 하고말고. 나는 페이지를 넘긴 다음 볼펜을 고쳐 잡는다. 하지만 이내 그럴 필요가 없음을 깨닫는다. 내가 쓰는 일기장에는 밤과 꿈의 페이지, 곧 신화를 기록하는 가짜 페이지가 없으므로. 안타깝게도 이 이야기를 적어둘 만한 마땅한 곳이 없다. 게다가 완벽한 그녀는 지금 깃털 이불을 덮고 내 곁에서 아주 평화롭게 잠을 자고 있다.

작가의 양식

조용한 밤이다. 차 소리도 완전히 잦아들었다.

이제는 자야할 시간이다. 그러나 잠이 오지 않는다.

일기를 한쪽으로 밀쳐놓고 쪼개놓은 사과 중 예쁜belle 쪽을 집어 든다. 그리고 한입 베어 문다.

역시 실망시키지 않는다. 아무리 가을 햇살에 잘 익은 사과라도 그것만으로는 충분하지 않다. 사과는 이렇게 깊은 겨울을 품어야 감탄스러운 맛이 난다. 솔숲에서 언 생솔가지가 쌓인 눈의 무게를 견디지 못하고 뚝 부러지는 풍경이나, 나무에 핀 눈꽃, 얼음장 밑으로 흐르는 물소리 같은 것들이 잠들어 있어야 한다. 사박사박. 나는 밤의 정적 속에서 사과를 먹는다. 사과 속 겨울을 먹는다. 새콤달콤한 즙이 눈

석임물처럼 흘러나와 혀를 흥건하게 적신다. 놀라워라, 이 황홀한 맛!

사과를 곳간에 쌓아두고 겨울을 나는 작가는 가난하지 않다. 불면의 긴긴밤을 걱정할 필요도 없다. 사과만큼 상상력을 자극하는 과일이 또 있을까? 붉은 사과에는 사유의 재료가 풍부하게 내장되어 있다. 사람들은 알까? 사과는 겨울밤을 지새우는 작가들의 양식임을.

나머지 가짜fausse 쪽도 먹지 않을 수 없다. 이렇게 야심한데 이 무슨 청승이람. 하지만 맛있는 걸 어떡해. 사박사박. 예쁜 쪽보다 이게 더 달콤한 것 같다. 아삭아삭한 식감도 일품이고.

다정한 밤은 눈이 쌓이는 소리를 가장 낮은 곳, 도로나 화단, 주차장 등에 사분사분 내려놓는다. 하지만 나에게는 그걸 들을 만한 귀가 없다. 아니, 입이 바쁘니 그럴 여유가 없다고나 할까? 지금쯤 눈보라 속에서 희부옇게 빛나는 가로등만이 텅 빈 거리를 지키고 있을 것이다.

멀리서 대형트럭 다가오다 아득히 멀어진다.

이런 밤이면 나는 꿈을 꾼다. 강원도 산간에 들어가, 사과를 곳간에 가득 쌓아놓고, 자청해서 대설주의보 속에 간히는 꿈을. 처마까지 차오른 적설 속에서, 그런 절대 고립 속에서, 그리운 이에게 부치지 않을 편지를 쓰고 싶다. 그리고 오랫동안 돌보지 않았던 가난한 자아를 안고, 처마 끝에 달린 고드름이 눈부시게 빛날 때까지 긴 겨울잠을 자고 싶다.

환절기

바로 네 앞에 숨어 있었지.

그런데도 너에게 발견되지 않았어. 그런 것 같았어. 너는 늘 먼 곳만 바라보는 듯했으니까. 인연이 없으면 왜 바로 앞에 두고도 만나지 못한다는 말도 있잖아.

너는 내게 미지의 땅, 낯선 곳이었어.

그해 2월 말 중흥동에서였을 거야. 나는 이방인이 된 심정으로 너에게 어렵게 물었지.

"내가 지금 어디에 있는 거죠?"

뜻밖에도 네가 환한 표정으로 말했어. 마치 기다리고 있었다는 듯이.

"나의 삶, 나의 세계에 들어와 있는 거예요."

"정말이에요? 이곳이 바로 당신의 세계라고요?"

"그렇다니까요!"

흥분한 나머지 나도 상기된 목소리로 외쳤어.

"이곳은 나의 세계이기도 해요!"

말없이 너의 손을 잡았어. 그리고 빛이 가득한 거리로 나섰지.

언 땅에서 올라오는 해빙의 리듬이 우리의 발걸음을 왈츠로 바꿔 놓았어.

룰루랄라.

그때 나는 알았어. 전혀 새로운 계절, 둘만의 계절이 열리고 있음을.

소문

나에겐 소문이 가장 늦게 닿는다. 나는 우주의 한 변경에 있다. 오는 도중 제풀에 소실된 것도 있을 것이다.

겨우 당도한, 소인이 희미하게 바랜 소문은, 봉투에 한 낱의 갓털과 미풍밖에 남아 있지 않다.

가장 뜨겁고 시끄러운 소문만이 겨우 내게 의미를 갖는다. 수백 광년 떨어진 곳에서 와 닿는 별빛처럼.

늘 조용하게 지내므로 나는 세상의 소문이 되지 못한다.

당신의 근황이 궁금하다.

어쩌면 당신은 지금 불을 끄고 잠자리에 들었을 것이다.

모든 인간에게 거리는 잔인하면서도 감미롭다. 원하는 것을 얻을 수 없게 하기 때문이다. 그리움은 아련한 거리에서 탄생한다.

나는 세상과 당신을 향해 작은 창 하나를 연다.

눈

올 겨울은 유난히 눈이 잦다.

생수통 하나를 배낭에 넣어 짊어지고 조용히 밖으로 나온다. 주말에는 일찍 집을 나서야 약수터에 사람이 붐비지 않는다. 노모는 새벽 기도를 다녀와 곤히 주무시는지 기척이 없다.

하룻밤 사이에 마을이 은세계로 변해버렸다. 단독주택 지붕 위에도, 주차장에도, 차 위에도, 화단과 나무 위에도 눈이 소복이 쌓여 있다. 부지런한 수위 아저씨가 벌써 사람이 다닐 수 있게끔 눈을 쓸어 길을 터놓았다. 새벽에 노모가 집으로 돌아오면서 발자국을 남겼으련만 이미 지워지고 없다.

눈을 밟으며 아침 일찍 물을 뜨러 가니 마음이 차분해지고 숙연해진다. 내딛는 발걸음도 조심스러워지고. 산자락에 있는 약수터로 물을 길러 가는 것은 꼭 건강 때문만은 아니다. 비록 성공과 영광보다는 실패와 좌절을 더 많이 안겨준 세상이지만, 그래도 맑게 살고 싶은 바람을 마음 한쪽에 간직하고 있기 때문이다.

약수터는 집에서 약 2km쯤 떨어진, 유원지 안쪽 깊숙한 곳에 있다. 아파트 뒤쪽으로 난 2차선 도로를 따라 산자락을 오르다보면 곧 인가가 끊기고 고개가 나타난다. 그 너머에 유원지가 있다.

목도리를 둘렀음에도 하얀 입김이 풀풀 새어나온다. 고운 눈 위에 첫 발자국을 남기며 걷다보니, 아무래도 내딛는 발걸음에 주의하게 된다. 똑바로 걷고 싶은데도 그게 마음먹은 대로 잘 되지 않는다. 뒤돌아보면 발자국들이 배뚤배뚤 산만하게 나 있다. 그래도 눈을 밟을 때마다 나는 뽀드득 소리가 정겹게 들린다.

이제 유원지를 찾는 사람이 거의 없다. 온천이 개발되면서 호텔이 들어서지 않았다면, 진즉 발길이 끊겼을 것이다. 온천도 뜨거운 물이 나오지 않은 지 꽤 오래되었다. 평소에는 한적하고 퍽 쓸쓸한 곳이나, 눈이 내려서인지 오늘은 아늑하게 느껴진다.

유원지를 끼고 조금 올라가면 아담한 절이 나온다. 진입로 가로수에는 동안거 기간을 알리는 플래카드가 걸려 있다. 지금이 1월 중순이니 스님들은 한창 수행에 정진하고 있을 것이다. 눈 덮인 절이 한결 고즈넉하게 느껴진다.

약수터는 절 바로 지척에 있다. 절 앞에서 우회하여 산등성이 타고 조금 올라가면 약수터에 이른다. 전인미답의 눈길이 말해주듯 역시 아무도 없다. 내가 첫 번째 방문객이다.

수로도 꽁꽁 얼어 있고 샘을 덮은 흙 위에도 두꺼운 눈이 쌓여 있다. 이곳 약수터는 오염을 방지하기 위해, 수도꼭지 하나만 내 놓고 석축을 쌓아 샘을 완전히 봉해버렸다. 그래서 물이 솟아오르는 모습을 직접 눈으로 확인할 수 없다. 안으로 공기 출입이 자유롭지 못해 물이 늘 쿨렁거리며 쏟아져 나온다. 물줄기가 가늘어졌다 굵어지기를 반복하며 질금거린다는 말이다. 석축 돌 틈에 뿌리를 내린, 쓰러진 산국위에도 눈이 쌓여 있다. 꽃들은 이미 빛깔이 하얗게 바랬고 내뿜는 향도 전혀 없다.

역시 물맛이 좋다. 결코 나를 실망시키지 않는다. 어디 그뿐인가. 주위에 늘어선 여남은 그루의 소나무 사이로 불어오는 바람도 상쾌하다. 수도꼭지에 물통을 물려 놓고, 잠시 숨을 돌리며 훤칠한 소나무를 올려다본다. 줄기가 불그스름한 금강송이 흰 눈을 이고 있는 자태가 자못 신령스러워 보인다. 솔바람이 일자 기다렸다는 듯이 한 무더기의 눈이 쏟아져 내린다. 뒤이어 눈가루가 분분히 휘날린다.

집에 돌아오니 노모는 밥을 안쳐놓고 성미誠米 관리대장을 붙들고 씨름하고 계신다. 신의 은혜에 보답하기 위해 매달 쌀을 신게 바치는데, 노모는 연로한 회원들이 속한 조의 회계를 맡고 계신다. 돋보기를 쓰고 깨알 같은 글씨를 들여다보며 50명이 넘는 회원의 명세를 관리하는 게 쉽지 않은지, 눈과 귀가 유난히 밝았던 노모도 이제는 쩔쩔매신다. 내가 도와드리지 않을 수 없다. 대장을 들여다보니 계산이 복잡해서 그럴 만하다는 생각이 든다. 회원 대부분이 편의상 쌀 대신 돈으로 바치기 때문이다. 나는 잦히는 밥물 소리를 들으며 대장을 꼼꼼히 점검한다. 정확성이 무엇보다 중요하기에 계산이 끝나고 나서도 되풀이해서 검산한다. 개인적으로는 돈이 아닌 쌀을 올리는 몇몇 회원의 정성이 더 지극하게 느껴진다.

9시가 넘어서야 아침을 먹는다. 둘만의 단출한 식사라 노모는 둥근 소반 위에 아침을 차린다. 반찬이라야 동치미와 도라지나물, 김치 그리고 구운 김과 간장이 전부이고 거기에 된장국을 곁들였다. 지금은 동치미가 가장 깊게 익어가는 때이기도 하다. 언제나 그렇듯 노모는 밥상을 앞에 놓고 먼저 기도를 드린다.

나는 밥술로 국을 뜨려다 말고 무심코 밖을 내다본다. 잠시 머츰하던 눈이 다시 내리기 시작한다. 바람이 자는지 굵은 눈송이들이 고요하고 평화롭게 떨어진다.

정녕 하늘은 어느 것도 배제하는 법이 없다. 모든 것을 다 포용한다. 그리고 결코 무심하지 않다. 저렇게 눈이 내리는 것을 보면 그런 생각이 든다. 참 푸짐하게 내리는 눈이다.

두근두근

성긴 눈발이 휘날리던 날, 너는 아픈 울음을 허공에 길게 남기며 산모퉁이를 돌아 사라졌지. 붉은 깃발을 접어든 차장은 이미 역사로 들어섰지만, 나는 여전히 플랫폼에 서 있었다. 잘 살아, 하는 말을 하지 못했으므로, 그 자리에서 오래도록 손을 흔들고 있었다고 할밖에.

모든 이별은 쉽게 잊히는 걸 두려워한다. 한때 사랑했던 연인들은 헤어지면서 으레 이렇게 말하지. 잊지 말자, 죽는 날까지. 어쩌면 우리도 그랬어야 했는지도 모른다. 하지만 그러지 않았다. 대신 너는 점점 멀어지면서도 네 자신을 끊임없이 나에게 보냈다. 울먹이는 너를, 어깨를 들먹이며 흐느끼는 너를, 발에 전해오는 진동으로 느낄 수 있었다. 두근

두근 나를 흔들며 왔던 너는, 결국 두근두근 나를 흔들며 떠났다.

어지럽게 휘날리는 눈발 속에서, 얼마나 오랫동안 네가 사라진 허공을 바라보았는지, 아마 너는 모를 것이다. 붙잡지 못한 나를 너에게 보낼 수 없어 안타까웠다. 나는 네 슬픔의 수신자였지, 내 슬픔의 발신자는 아니었다. 그것은 남겨진 자의 비애였다. 어쩌면 영원히 그 자리에 있어야 했는지도 모른다. 네가 완전히 감감해질 때까지, 나의 기억에서 까맣게 지워질 때까지.

하지만 그러지 않았다. 길은 외부로만 아니라 내부로도 난다는 걸 알았기 때문에. 점점 굵어지는 눈발들이 네가 사라진 허공에서 엔딩 자막처럼 내릴 때, 호주머니에 손을 찌르고 내 안으로 난 길을 따라 쓸쓸히 돌아섰다. 멀어지는 너를, 떠나가는 너를, 내 심장에 담고서. 불멸의 사랑을 꿈꾼 것도 아닌데 왜 우린 헤어져야만 했을까? 운명의 신에게 그 이유를 묻고 또 물으면서.

그날 이후 나는 너의 멀어짐에서 생명을 얻어 근근이 하루하루를 버텼다. 너는 떠난 게 아니라 단지 멀어지고 있을 뿐이었다. 무수히 많은 사람들이 교차하는 거리에서 걸음을 멈추고 빌딩 위로 흘러가는 구름을 무심히 쳐다보기도 하였으며, 낙엽이 질 때는 옷깃을 여미면서 문득 뒤돌아보기도 하였다. 늦은 밤거리에서 휘청거리는 몸을 가누지 못하고 길가에 서 있는 플라타너스를 붙들고 구토를 한 적이 몇 번이었던가. 왜 앞만 보고 똑바로 걷는 게 그렇게도 힘들었을까? 흔들리는 버스 안에서는 스쳐지나가는 풍경에 눈을 두면서도, 스피커에서 흘러나오는 유행가 가락에 귀를 기울였다. 구구절절 다 내 노래 같았다. 고요하게 눈이 내리는 날에는 고개를 숙이고 숙연한 마음으로 걸었다. 그래야 할 것 같았다. 커피숍에서는 맛보다는 향이 좋은 커피를 찾았다.

그렇게 하루가 지나고, 한 달이 지나고, 일 년이 지났다. 나는 여전히 네가 두근두근 멀어지는 심장으로 깨어나 하루를 맞았다. 그 심장으로 새소리를 들었고, 그 심장으로 집을 나섰다. 기뻐서 웃었고, 슬퍼서 울었으며, 때로는 분에 겨워 싸움도 마다하지 않았다. 가끔 심장이 아프기도 했다. 그래도 도리 없이 그걸 견뎌야 했다. 내 밖이 아닌 내 안에서 네가 울고 있었으므로, 내 밖에는 네가 부재했으므로. 나는 결코 잠가버린 외투의 단추를 풀지 않았다.

또 몇 년이 지났다. 나는 그 심장으로 군에 갔고 그 심장으로 제대를 했다. 하지만 안타깝게도 시간이 지날수록 너는 점점 멀어져갔다. 어쩔 수 없는 일이었다. 그렇다고 무심한 시간을 탓할 일도 아니었다. 그것은 순전히 너의 속도와 방향이 그렇게 만든 것이었으니까. 그래도 나는 너를 원망하지 않았다.

그 뒤 나는 회사에 들어갔고, 선을 보았고, 너와 갈라놓았던 운명의 신이 정해준 여인을 만났다. 그리고 그 여인을 진정으로 사랑을 하게 되었다. 너에게도 나에게도 그리고 그 누구에게도 한 점 부끄러움이 없는 사랑이었다. 어쩌면 우린 자신의 임무, 운명을 섬기는 거역할 수 없는 임무를 충실히 수행하도록 태어났는지도 모른다. 결국 많은 사람의 축복 속에 결혼식을 올리게 되었다.

내 머리도 이젠 반백이 되어 희끗희끗해졌다. 그동안 살면서 여러 우여곡절을 겪었다. 그럼에도 너는 여전히 내 몸속에서 두근두근 멀어지고 있다. 심장을 떠난 너는 동맥과 정맥을 지나 이제 실핏줄 노선에서 어깨를 들먹이며 떠나간다. 그 두근거림이 아련하고 요원해서 감지하지 못할 때가 많다. 너의 떠남은 아직도 종결되지 않았다. 단지 너는 아스라이 먼 곳에서 지금도 멀어지고 있을 뿐이다. 하지만 나는 여전히 나인 채로 있다.

너는 지금 두근두근 어디쯤 가고 있니?

Rhapsody 6

은밀한 소묘

온탕 속의 여인

잡담을 나누던 두 여인이 떠나고 나자, 온탕 안은 한결 여유롭고 한가로워졌다. 당신은 허리를 곧게 세우고 시선을 허공에 둔 채, 탕 안쪽에 있는 계단에 앉아 있다. 탄력이 있는 몸매와 고운 살결로 미루어보건대 삼십대 후반쯤으로 보인다. 맞은편에는 가슴이 처지고 몸이 야윈 50대로 보이는 여인이 같은 자세로 앉아 있고, 욕조 안에도 박박 문질러 얼굴이 붉어진 한 여인이 몸을 물에 담그고 있다. 모두 수건으로 머리를 동였다.

느긋하게 때를 불리는 온탕에서는 바쁘고 초조하게 흘

242

러가는 시간의 지배를 받지 않는다. 일상과는 전혀 다르게 시간이 흘러간다. 호기심이나 의지, 관심의 부재가, 곧 무심함이 전혀 다른 시간을 출현시킨다. 머리에 수건을 두르고 고요히 앉아 있는 당신의 모습이 실로 아름답다. 누구나 경험으로 잘 알고 있듯, 시간은 공간에 가만히 머물러 있지 않는다. 끝없이 휘발한다. 휘발하는 것은 늘 자신보다 가벼워 자꾸만 달아나는 특징이 있다. 그러므로 시간은 공간에 가두거나 묶어둘 수 없다. 시간을 붙잡으려 오직 시간으로 감싸야 한다. 과연, 일상이라는 남루한 시간으로 당신의 이 빛나는 순간을 붙잡을 수 있을까? 그것은 결코 불가능한 일이 아니다. 다만 그렇게 허술한 시간으로 감쌌다면, 영원의 광휘가 밖으로 새어나가는 걸 막을 수 없을 뿐이다. 고대 그리스인의 생각을 참조하여 말하면, 영원은 '그대로 있음'이나 지속에 있는 것이 아니다. 영원은 바로 사라짐을 간직하는 것이다. 수증기가 피어오르는 온탕에서 고요히 앉아 있는 당신에게서 나는 영원의 광휘를 본다. 당신은 그렇게 의미심장한 자세로 불멸화되어 있다. 하지만 무심한 당신은 홀로 있음의 장엄함을 모른다. 그래서 더욱 눈부시다. 어쩌면 당신은 목욕탕 어디에선가 떨어지는 물방울 소리를 듣고 있는지도 모르겠다. 태곳적 정적을 환기하는 물방울 소리 말이다.

당신과 다른 당신들은 온탕이라는 같은 서클에 속해 있으면서도 서로의 시선에 응답하지 않는다. 각자 자신만의 내면 풍경에 취해 있다. 저마다의 눈에는 서로 다른 장소와 시간이 담겨 있다. 하지만 정확한 원근법에 의거해 그 기억의 풍경을 명확하게 재현해내겠다는 확고한 의지가 없으므로, 초점이 맞지 않은 것처럼 그 풍경이 흐릿하다. 그래서인지 당신들은 얼마간 얼이 나가 있는 듯 보인다.

온탕에서 당신들 사이의 관계는 모호하고 느슨하다. 같은 탕에 몸을 담고 있다는 사실 외에는 딱히 범주화할 만한 공통점이 없다. 무위의 공동체에 속한다고나 할까? 온탕에 든 순간만큼은, 설혹 모녀지간이라고 할지라도, 모든 이해관계를 벗어나 고독하게 있으므로 서로를 구속하지 않는다. 그래서 평화로울 수 있다. 그렇다면 당신의 존재는 어떤가? 그것 역시 확고부동하지 않다. 당신은 누구일 수도 있었으나 현재의 자신에 이르렀고, 지금은 당신도 아니고 그 누구도 아닌 모호한 상태로 있다. 뇌리에 만화경처럼 지나가는 추억과, 불현듯 떠올랐다 사라지는 생각에 애도를 표하거나 미소로 답하는 것조차 잊어버린 채, 희미하고 흐릿한 존재로 멍하니 앉아 있다. 바닥에서는 끝없이 솟아오르는 기포가 발과 발목을 간질이며, 'homo bulla', 즉 '인간은 거품이다'라는 명제를 상기시킨다. 당신의 상반신을 휘감으며 피어오르는 수증기는 어떤가? 그것 역시 혀로 당신의 몸을 탐하며 전도서의 한 구절, '헛되고 헛되니 모든 것이 헛되도다'를 읊조리는 것 같다. 하지만 수증기가 엷고 미약하게 피어오르는 까닭에 당신에게 큰 영향력을 행사하지 못한다. 알다시피 목욕탕의 내부 공간은 습도가 대단히 높다. 같은 물질은 서로를 끌어당기는 특징이 있다. 공기 중에 함유된 습기가, 온탕이나 열탕에서 수증기가 올라오기가 무섭게, 마치 기다리고 있었다는 듯이, 바로 그걸 흡수해버린다. 증발한 수증기는 허공의 습기 속으로 가뭇없이 자취를 감춘다. 그래서 예상과 달리 목욕탕 내부 공간은 떠도는 수증기가 거의 없어 대체로 맑다. 물론 이슬점을 넘어서면, 천장이나 벽에 물방울이 맺혀, 결국 바닥으로 떨어지게 될 것이다. 참, 비교적 최근에 사막에서 발견된, 히브리어 원본 두루마리 성경에 의하면, '헛되도다', 곧 라틴어 '바니타스 Vanitas'에 해당하는 단어는 '헤벨hevel'이라고 한다. 헤벨은

'숨' 또는 '수증기'라는 뜻도 지니고 있다. '헛되다'로 번역된 '바니타스'보다는 더 넓은 외연을 지니고 있음을 알 수 있다. 온탕에서 증발한 수증기, 즉 헤벨은 자기주장을 강하게 하지 않는다. 외려 조심스럽고 부드럽게 당신의 몸을 애무해준다. 그 덕에 당신의 몸은 땀방울이 맺히면서 반들반들 윤이 난다. 헛되고 헛된 게 아니라, 비록 죽을 수밖에 없는 운명을 타고났지만, 삶은 살아볼 만한 가치가 있는 거라고, 소멸되는 삶은 모든 순간이 다 절정의 재료로 구성되어 있는 거라고 속삭이는 듯하다. 당신과 다른 당신들은 감실거리며 피어오르는 수증기 속에서 상반신을 드러낸 채, 근심 없는 소망과 사소한 걱정거리를 간직하고서, 지나가는 바람 소리 너머의 침묵을 듣듯, 몽연한 표정으로 허공을 응시하고 있다. 내가 보기에 당신들의 머리 위로 침묵의 아리아가 흘러가고 있는 것 같다. 그래 당신의 추억이나 일기장에 거의 기록되지 않는 이 아름다운 순간을 기념하기 위해, 이 침묵의 노래에 '일상의 메아리'라는 이름을 붙여두기로 하자.

목욕탕 남쪽 벽의 상단부에는 작은 창이 가로 방향으로 몇 개 늘어서 있다. 그 창들 사이, 그러니까 벽의 중간쯤에 작은 환풍기를 설치해 놓았다. 당신은 전혀 의식하지 못하지만, 환풍기의 팬이 졸다가 하마터면 자신의 의무를 깜박 잊어버릴 뻔했다는 듯이, 간헐적으로 허둥대며 돌아간다. 모르긴 해도 목욕탕 안과 밖의 기압차에 의해 저절로 돌아가게끔 전원 코드를 뽑아놓았을 것이다. 팬은 목욕탕 안팎의 미묘한 기류 차이를 반영하면서, 한가하다 못해 권태롭다는 듯이, 거푸 하품을 해대면서 소리 없이 돌아간다. 이 게으른 환풍기 덕에 목욕탕 안은 약간의 광학적인 활기를 띤다. 팬 날개 사이로 새어 들어온 오후의 햇살이, 온탕에 정물처럼 앉아 있는 당신들에게 스포트라이트를 비추다가, 팬이 돌아가면, 태도를 바꾸어 그걸 다채롭게 변조시키기 때문이다. 그때마다 빛은 팬이 지시하는 대로 순환하는 시간을, 그러니까 풍차처럼 돌아가는 일월과 사계를, 당신의 신체 위에 문신을 새기듯 기입한다.

당신은 어디에서 왔는지 기억하지 못하고, 종국엔 어디로 갈 것인지도 알지 못한다. 아침놀 이전과 저녁놀 이후, 다시 말해 탄생 이전과 죽음 이후, 즉 밤을 알지 못한다. 아니, 알려고 하지 않는다. 당신은 그저 밤에서 와서 밤을 향해 바람처럼 흘러갈 뿐이다. 하지만 일상에 묻혀 사는 당신은 그런 사실조차도 전혀 의식하지 않는다. 어디쯤 가고 있는지 굳이 자신의 위치를 점검하려고도 하지 않는다. 그렇다. 당신은 타성에 젖은 인간, 호모 루티니쿠스이다.

단조롭고 반복되는 일상에 묻혀 산다고 해서 욕망이 사라지는 게 아니다. 실제 삶과 누리고자 하는 삶 사이에는 거대한 심연이 있다. 현재의 나와 되고 싶은 나, 즉 자아이상 사이에도 심연이 있다. '하면 안 돼'와 '하고 싶어' 사이, 즉 문화의 금지와 충동 사이에도 심연이 있다. 일상은 그 사이에서 숨 가쁘게 돌아간다. 꿈과 희망을 결코 포기할 수 없는 당신은, 그 틈바구니에서 울고 웃고 화내고 신음하고 노래를 부른다. 또한 일상에서 사건들은 그럴듯하게 질서 정연한 모습으로 나타나지 않는다. 삶은 멜로드라마나 영화 같지 않다. 그러기에는 너무나도 한심하고 우스꽝스럽다. 갑자기 말짱하던 엔진이 서고, 배터리가 방전되며, 아랫집에서 누수가 된다고 올라온다. 속이 쓰리고 아파서 병원에 갔더니 의사는 정밀검사를 받아보라고 권고한다. 매일 술에 절어 늦게 귀가하는 남편은 어떤가? 어느 날 갑자기 투자한 주식의 시세가 폭락할 수도 있고, 치매에 걸린 노모의 행방이 묘연해질 수도 있다. 어쩌면 삶은 단조롭고 지루한 일상이란 베이스 선율 위에 실린 삐딱한 재즈 음악 같은 것인지도 모른다. 욕망은 늘 엇박자로 어긋나고, 주도면밀하게 세운 계획은 세상과 불화한다. 그때마다 당신은 상처를 입고 고통을 당한다. 하지만 지금 당신은 그런 세상의 소음이나 고성방가에서 잠시 물러나 온탕에 몸을 담그고 있다. 느긋하게 일상의 찌든 때를 불리면서 뼈와 근육 사이에 스며든 피로를 풀어내고 있다. 온몸에 긴장이 풀리며 무어라 형언할 수 없는 몽롱한 취기 같은 게 밀려든다. 근육이 뭉친 곳에서 욱신거리며 전해오는 미약한 통증도 낙천적인 만족감으로 바뀌면서 온몸으로 퍼져간다.

당신은 이 순간 진정 행복한가? 당신은 이 질문에 답변을 해야 할 하등의 책임감도 느끼지 못한다. 그딴 추상명사에 얽매이고 싶지 않다. 그저 꿈결 같이 따뜻한 부력에 실린 당신은 삶의 중력이 부당하고 부조리하게 여겨질 뿐이다. 이 순간만큼은 사소한 걱정거리나 웬만한 불행쯤은 다 넉넉하게 받아들일 수 있을 것 같다. 행복하다고 판단한다는 것은, 그 행복 밖에 있음을 의미한다. 다시 말해 행복에 참여하지 않고 관조하고 있는 것이다. 그러므로 소위 우리가 말하는 행복은 늘 추억 속에서만 머문다. 살아내는 바로 그 순간의 충만한 상태가 아니라, 나중에 의미를 부여해서 얻은 일종의 부산물이라는 말이다. 궁핍하게 살았던 어린 시절이 행복한 때로 기억되는 것도 이 때문이다. 그러므로 '행복하게 살아라' 하는 말은 전적으로 가능하지 않다. 강렬한 행복을 경험할 때 우리는 행복과 거리를 두고 마주하는 것이 아니라, 온전히 행복 안에 있다. 그런 순간은 진실로 시간 밖에, 내 자신 밖에 있다. '나는 지금 행복해' 하고 의미를 부여해줄 주체도 시간도 존재하지 않는다. 진정한 행복은 부재의 경험을 통해 고양되는 현존의 한 형식이기 때문이다. 당신은 지금 무어라 형언할 수 없는, 마치 구름에 실린 것 같은 그런 기분에 취해 있다. 그렇다면 당신은 온전히 행복 안에, 다시 말해 존재의 충만함 속에 있는가? 글쎄, 얼마간 얼이 나간 듯 앉아 있으므로 그렇다고 단정할 수도 없을 것 같다. 하지만 정신을 몰라도 최소한 육체만큼은 세상과 지극한 일치 속에 있는 듯 보인다. 육체의 쾌적함, 즉 아포니아aponia를 추구하면서 맛보는 작은 즐거움인 쾌락이란 말이 지금 당신의 상태를 더 잘 대변해줄 것 같다. 아무튼 당신의 표정으로 판단컨대 불행한 것 같지는 않다. 당신의 모습을 보고 있자니, 일상에 간헐적으로 찾아드는 이런 작은 행복들은, 덧없음을 건너게 하는 일종의 삶의 리듬이라는 생각이 든다.

지금까지 나는 당신을 너무 이상적으로 묘사했는지도 모르겠다. 당신 가까이에 있지 않을 뿐 아니라, 시간적으로도 너무 멀리 떨어진 시점에서 보기에 어쩔 수 없는 일이다.

당신의 내면을 잠깐 들여다보는 것도 의미가 있을 것 같다. 하지만 나는 심리학자도 아니고 고결한 영성이나 밝은 혜안을 소유한 사람도 아니다. 사실을 고백하건대 나는 당신의 내면을 정확히 꿰뚫어볼 눈을 가지고 있지 않다. 그러니 그저 평소의 생각이나 소신에 의거해 말할 수밖에 도리가 없다. 모든 사물이나 사람의 가장 깊은 곳에는 본성이라 불러도 좋을 신성한 물질이 있다고 나는 믿는다. 그곳에는 인간의 언어에 오염되지 않은 진짜 이름, 사물의 진실한 본질을 나타내는 이름이 묻혀 있다. 이 이름은 존재를 시로 현상하게 하는 힘을 분비한다. 바람과 구름과 비를 부리는 마법사나 주술사는 이 이름을 깨워 사물의 운행 질서를 바꾼다. 마찬가지로 그곳에는 거울에 오염되지 않은 참 얼굴이 새겨져 있다. 어떤 거울, 어떤 눈동자에도 반영된 적이 없으므로, 전체적인 윤곽은 물론 구성 요소들의 관계구조인 표정을 한 번도 읽힌 적이 없다. 이 얼굴은 존재가 꽃으로 피어나도록 풍요롭고 다채로운 삶의 자양을 지원한다. 그것은 끝없이 일렁이면서 유동하는, 다시 말해 끊임없이 자신을 갱신하는 진면목이란 얼굴이다. 훌륭한 예술가는 사물에 내재한 참 얼굴을 날카롭고 투철한 직관으로 꿰뚫어본다. 그리고 그 형상을 깨워 불후의 작품을 창조한다. 언어의 상징적 근원인 진짜 이름과 이미지의 상상적 근원인 참 얼굴은 모두 아름다움이란 실재에 단단히 묶여 있다. 늘 잊지 말자. 신의 모습을 닮은 당신과 우리는 진실로 아름다움 그 자체일 수밖에 없다.

하지만 당신은 내면의 고고학 따위에는 전혀 관심이 없는 것 같다. 확신할 수 없지만 자신 안에 깃든 신성을 의식하지 않는 듯 보인다. 설혹 그렇다고 해도 당신의 가치가 평가절하 되는 것은 아니다. 당신 안의 신성이 소멸되거나 변하는 게 아니므로. 신의 성분은 평가 대상이 될 수 없다. 그러므로 인간의 가치는 평가되는 것이 아니라 진정한 자신의 존재를 시로 꽃으로 창조함으로써 의미를 얻는다.

나는 이제야 당신의 얼굴을 찬찬히 살펴본다. 얇게 썬 오이 쪽을 막 떼어낸 듯, 당신 얼굴은 참으로 고요하고 맑다.

그리고 당신은 알몸으로 있다. 어쩌면 지금이야말로 당신은 참 얼굴에 가장 근접한 모습으로 있을 거란 생각이 든다. 우린 자신의 진면목을 남에게 드러내는 것을 극도로 꺼린다. 그 얼굴로 살려 하지 않는다. 외려 그 위에 페르소나라는 일종의 수많은 가면을 덧씌워 깊은 곳에 묻어버린다. 아니다. 내가 거꾸로 말했다. 참 얼굴이 삶의 요청에 의해 수많은 페르소나를 생성해 낸다. 그렇다. 그게 결코 충족되지 않는 삶의 진실이다. 그러고 보면 우리는 모두 후안무치厚顔無恥다. 우린 수많은 가면을 간직하고서 상황에 따라 아무런 거리낌 없이 그걸 바꾸어 쓴다. 변검술變脸術은 중국의 전통 극에서만 행해지는 게 아니다. 일상에서 우린 모두 변검술의 귀재들이다. 일례로 마트의 점원 아주머니의 행동을 살펴보자. 손님이 물건을 사들고 카운터에 가까이 다가가면, 하던 통화를 잠시 멈추고 웃는 얼굴로 반갑게 맞아준다. 그리고 곧바로 전화에 대고 인상을 쓰면서 "오늘 늦게 들어오면 혼날 줄 알아!" 하고 아들에게 엄포를 놓는다. 서둘러 전화를 끊은 아주머니는 다시 생글생글 웃으며 "계산해 드릴까요?" 하고 손님에게 의향을 묻는다. 순식간에 엄마에서 점원으로 변했다가, 다시 엄마로 바꾼 다음, 점원으로 되돌아온다. 정말이지 가면을 바꾸는 솜씨가 귀신같다. 하지만 화장을 말끔히 지운 당신은 바꿀 가면이 거의 남아 있지 않다. 머리 위에 튼 수건 외에는 실오라기 하나 걸치고 있지 않으므로 자신의 신분을 과시할 수도 없다. 지금이야 말로 미농지 같은 피부 바로 아래에, 당신의 참 얼굴이 대기 하고 있을 거란 생각이 든다. 은은하게 그 모습이 비치는 것 도 같다. 그런데 자세히 보니 당신의 표정이 약간 미묘하고 기묘하다. 평온한 만족감 속에 알 수 없는 슬픔을 드러내고 있으니 말이다. 당신은 아무런 까닭 없이 조금 애처롭고 슬 퍼 보인다. 모든 존재는 슬픔을 머금고 있는 걸까? 당신의 머리카락은 젖어 있고 눈은 말긋말긋 빛난다. 참 얼굴이 은 은하게 드러나 그렇게 보이는 것도 같다. 당신은 물기에 젖 은 맑은 얼굴로 허공을 말없이 응시하고 있다. 당신을 보고 있으니, 잠시 머물다 바람처럼 떠나는 우리 영혼은, 분명 슬 픈 얼굴을 하고 있을 거란 생각이 든다.

계속 당신을 지켜볼 수 없어 못내 아쉽다. 내가 은밀하게 당신을 훔쳐보는 것은 결코 정당한 행위가 아니다. 당신도 조만간 일어서게 될 것임을 나는 안다. 당신은 다른 어느 곳 에서도 오지 않았다. 당신은 바로 당신에게서 왔다. 진짜 이름, 참 얼굴이 당신의 삶을 시로 꽃으로 피어나게 하는 절대 근원, 신성한 밤에서 왔다. 당신은 곧 당신이란 장소에서 일어나 당신 밖으로, 세상으로 나갈 것이다. 그리고 여느 때와 같이 감자를 깎고, 콩나물을 다듬고, 송송 파를 썰고, 그릇과 접시를 눈부시게 닦고, 김이 피어오르는 밥솥 곁을 지킬 것이다. 때로 전화로 수다를 떨고, 아이에게 자장가를 불러주고, 음악을 듣고, 볕이 좋은 창가에서 책을 읽다가 꾸벅꾸벅 졸기도 할 것이다. 언제나 그렇듯 옥상에서는 빨래가 나부끼고 하늘에는 구름이 몽상에 취해 떠갈 것이다. 사는 게 구태의연하고 시시하다고? 천만에! 이런 자질구레한 일상을 위해 수억 광년 떨어진 곳에서 별은 빛을 보내주고 태양은 날마다 어김없이 떠오른다는 사실을 잊지 말자. 삶이란 영광의 재료로만 구성되어 있는 게 아니다. 당신과 우리를 위대하게 하는 것은 영광이 아니라 상처이며 일상의 이런 비루함이다.

이미지들

망각된 것들은 현재라는 승강장에 나를 남겨두고 어둠

속으로 떠나버린 버스와 같다. 작별의 손수건을 흔들지도 못하고 보낸 것들이 얼마나 많은가.

하지만 과거 속으로 멀어져야 하는 운명의 노선을 따르지 않고, 뒤돌아서서, 소멸되기를 완강하게 거부하는 것들도 있다. 사람들은 그런 추억이나 이미지를 쓰다듬으면서 현재의 비루한 삶을 견딘다. 높은 밀도로 형성되어 흐르는 시간 속에서도 바래지 않고 여전히 동일성을 유지하고 있는 것들, 왜 그런 것들은 시간 속으로 소멸되거나 용해되지 않고 기억 속에 계속 남아 있는 걸까? 왜 시간의 흐름을 무력화하는 걸까?

그건 그들이 가고자 하는 방향이 다르기 때문일 것이다. 그러니까 과거가 아닌 미래로 사라지려고 한단 말이다. 그러므로 한 장면을 기억한다는 것은, 그것이 사라질 미래가 도래하지 않았다는 의미이기도 하다. 폴 발레리Paul Valéry가 "기억은 과거의 미래다."라고 한 것도 이런 의미이리라.

장면이나 풍경도 기억을 품는다. 사람만 기억을 품는 게 아니다. 왜 나는 사춘기 때 몰래 훔쳐보았던 여인들이 목욕하는 모습을 아직까지 잊지 못하는가? 오랜 시간이 지났는데도 말이다. 왜 그날 보았던 풍경들은 낯선 장소 낯선 시간에 자꾸 부활하는가? 내가 잊지 않겠다고 작정해서인가? 아니다. 그건 나의 의지와는 아무런 상관이 없는 일이다. 그 장면, 그 이미지들이, 나를 기억하여 예고도 없이 불시에 나를 소환하기 때문이다. 나를 매개로 하여 더 먼 미래로 가고자 하기 때문이다. 나는 때로 기억의 매체가 된다.

그러고 보면 기억 속에 저장된 이미지는 사진과 비슷한 면이 있다. 물론 둘 사이에는 근본적으로 차이가 존재한다. 기억 속의 이미지는 지속의 과정에서 한 순간을 단호하게 잘라낼 수 없기 때문에 대체로 흐릿한 반면, 사진은 가차 없이 한 순간을 절단해, 다시 말해 결정적인 순간을 부동화하여 보여주기에 명확하고 분명하다.

목욕탕 안에 가득한 열기, 어지럽게 널린 목욕 용품들, 어슴푸레한 불빛 아래 머리를 감고, 조용히 물을 끼얹고, 비누 거품으로 가슴과 겨드랑이를 문지르고, 아이나 노모의 등을 밀어주는 비밀스럽고 내밀한 움직임들, 나신들의 능변의 몸짓들. 그런 적나라한 광경이 소년의 가슴을 얼마나 두근거리게 하였던가. 하지만 포르노적인 요소는 이제 사라지고 없다. 포르노는 시간보다는 공간과 밀접한 관련이 있다. 그것은 다름 아닌 거리, 즉 공간 자체를 소비하는 것이므로. 그런 요소는 그때 그 장소에서 이미 완전히 소진되어버렸다. 내게 남아 있는 것은 오직 시간적인 것뿐이다. 이는 앞으로 말하려는 바이기도 하다.

그렇다면 그것은 구체적으로 어떤 것인가? 먼저 에로티시즘을 들 수 있겠다. 진정한 에로티시즘은 포르노와 달리 노골적으로 드러내는 것보다 외려 감춤에 의존한다. 그것은 가려진 곳에 대한 상상력, 즉 시간을 요청한다. 그러므로 쉽게 소비되지 않는다. 다음으로는 의미와 관련이 있다. 의미는 개념뿐 아니라 알려지지 않는 것, 곧 감춰진 어둠에 대한 반응이기도 하다. 다시 말해 의미는 개념이란 빛 외에도 어둠과 결부되어 있다는 말이다. 울리는 하나의 음은 내부에 수많은 배음倍音을 품고 있으며, 떠오르는 오르페우스 뒤에는 하데스의 지하 세계가 펼쳐져 있다. 명확성은 '즉각'—이 역시 시간의 일부이다—번역되지만, 깊이 곧 어둠에 대한 호기심이나 의심, 추론은, 시간을 필요로 한다. 의미는 이 둘과 관련이 있다. 다시 말해 기표가 공간적이라면 의미는 시간적이다. 그러므로 경험으로 잘 알고 있듯 실제 생활에서는 어떤 이미지나 기표는 쉽게 소비되거나 교환되지 않는다. 쉽게 미끄러지며 지연되지도 않는다. 불확실성을 유지한 채 그 자리에서 진동하고 있을 뿐이다. 어둠에 뿌리를 내리고 물질성을 고스란히 드러내고 있는 시어詩語를 생각해보라. 시클로프스키V. Shklovskii 말마따나 때로, "말, 그것은 사물이다."

이를 롤랑 바르트의 스투디움studium과 푼크툼punctum이란 개념 쌍과 연관 지어 설명해볼 수도 있겠다. 그가 『밝은 방』에서 내세운 바에 따르면, 스투디움은 늘 감상자의 교양에 의해 즉시 해독되어 쉽게 소비된다. 반면 사진의 전혀 예측할 수 없는 곳에서 분출하는 푼크툼은 거꾸로 감상자를 찌르고 동요시킨다. 이는 언어로 명확하게 설명하기 어려운 어둠의 출현에 다름이 아니다. 그것은 시간과 밀접하게 결부되어 있다. 바르트는 푼크툼에서 시간의 중요성을 이렇게 강조한다. "이제 나는 '세부 요소'와는 또 다른 푼크툼이 있음을 안다. 이 새로운 푼크툼은 더 이상 형태가 아니라 강도인데, 바로 시간이다." 보통 푼크툼은 사진에서 즉각 자신을 드러내지 않는다. 감상하는 순간보다 오히려 회상 속에서 명확하게 드러난다. "푼크툼은 그 모든 분명함에도 불구하고 때때로 사후에야 비로소, 사진이 더 이상 눈앞에 없는 상태에서 내가 그 사진을 다시 떠올릴 때에야 비로소 드러난다는 것은 전혀 놀라운 일이 아니다. 바로 눈앞에 보고 있는 사진보다 기억 속에서 떠올리는 사진을 내가 더 잘 아는 경우가 생길 수 있다."

나는 눈을 감고 회상에 잠긴다. 몇 장의 이미지들이 떠오른다. 아니 그 이미지들이 나에게 말을 건다. 나를 소환한다.

나는 '그때 거기(eo tempode et ibi)'에 있었던 일을 '지금 여기(nunc et hic)'에서 보고 말하려 한다. 그때 거기에는 소년이 있고, 지금 여기에는 지금의 내가 있다. 그날, 호기심 때문에 동네 형의 제안을 거절하지 못하고 여탕 안을 들여다보면서 불안과 격정에 휩싸여 성애적인 흥분에 가슴이 두근거렸던 소년은 누구일까? 난 아직도 그를 잘 모르겠다. 그 소년이 낯설다.

그 당시에 보고 인식하기는 했지만, 어려서 내 자신의 언어로 표현하지 못했던, 할 수 없었던 것을, 이제야 더듬거리며 말해보려 한다. 그 이미지들이 요구하는 대로, 나를 넘어서 내 생보다 먼 미래까지 갈 수 있도록, 여기에 글로 번역해 놓으려고 한다.

한 소녀의 누드

목욕탕에서 나온 따뜻한 김이 얼굴을 스치며 지나간다. 김에서 시큼하고 비릿한 물 냄새가 묻어난다.

내부 풍경을 일별하고 난 나의 눈길은 단발머리 소녀에 머문다. 나는 그 소녀에게서 눈을 떼지 못한다. 나의 눈길은 조금 집요한 면이 있다. 내 또래의 소녀라는 사실이 더욱 나를 야릇한 전율에 휩싸이게 한다.

의식하지 않지만 우리는 어떤 사람의 외모를 묘사할 때 늘 이상적인 표준형을 염두에 둔다. 흔히 우리가 무심코 쓰는 말, 이를테면 광대뼈가 나왔다거나 하관이 빠르다, 미간이 좁다, 뚱뚱하다, 빼빼 말랐다 등을 살펴보아도 암암리에 그것을 전제하고 있음을 알 수 있다. 칸트는 종마다 갖는 이런 표준형을 미의 '정상관념'이라고 했다. 이는 종이 아름다움을 판단하거나 스스로를 재생산할 때 기준으로 삼는 '원형'이다. 개인으로 치면 '이상적 자아'에 해당한다고나 할까? 하지만 미의 정상관념에 일치하는 얼굴은 아름답기는 하지만 어떠한 개성도 없으므로 깊은 인상을 남기지 못한다.

성인 여성의 정상관념을 기준으로 소녀의 몇 가지 특징을 묘사해 보면 이렇다. 목이 긴 데다 엉덩이와 유방이 충분히 발달하지 않아 몸매가 밋밋하다. 유두 또한 충분히 여물지 않아 완두콩처럼 단단하고 작다. 마른 편인 데다 다리가 길고 몸에 큰 굴곡이 없어 그리스 코레kore 소녀상을 보는 듯하다. 특히 다른 나부들과 달리 음부에는 체모가 거의 보이지 않는다. 한마디로 비릿하다.

나는 소녀가 나의 이상에 잘 부합하다는 생각이 든다. 지극히 순수하고 정결하게 보이므로. 소녀라면 의당 그래야 한다고 믿어왔다. 우스꽝스럽게도 거웃이 무성하면 타락해서 불결할 거라는, 나름의 다소 천진난만한 생각을 품고 있다.

광학적 관점에서 보면 빛은 모서리를 좋아하고 어둠은 구석을 좋아한다. 하지만 소녀의 나신에는 곧고 날카로운 모가 없을 뿐 아니라, 풍만한 몸매가 만들어내는 깊은 구석도 없다. 그저 원만하고 매끈하고 탄력이 있을 뿐이다. 빛은 소녀의 신체 위에서 망설이고 주춤거리며 우유부단한 태도를 취한다. 어둠 또한 은신할 곳을 찾아 턱밑, 겨드랑이, 사타구니 주위를 서성거린다. 결국 빛과 어둠은 완만한 경사를 이루는 곳에서 만나 화해를 한다. 물론 팽팽한 긴장감이 흐르는 곳도 있다. 허벅지에서 무릎을 지나 정강이를 타고 흐르는 라인이 바로 그곳이다. 하지만 전체적으로 보면 빛과 어둠은 대립하는 게 아니라 서로를 보완한다. 움직일 때마다 어둠이 물러나면 자연스레 빛이 밀려들고, 어둠이 들어서면 빛이 조용히 물러난다. 그런 교감과 양보 속에서 스푸마토 기법으로 그린 것처럼 소녀의 몸은 감미롭고 따뜻한 양감을 드러낸다. 이마, 콧날, 턱선, 어깨, 유방, 배, 허벅지, 무릎, 정강이 등이 온화하게 빛을 발한다. 소녀는 부드러운 음영 속에서 자신의 비밀스러움을 수줍게 드러낸다. 그렇다. 아름다움은, 어둠, 즉 혼돈의 질료에 기입되는 형식이다.

소녀는 몸에 비누칠을 하기 시작한다. 이어 타월로 몸 구석구석 조심스럽게 공을 들여 문지른다. 나의 입이 바짝 마르는 것 같다. 소녀는 진정 지금의 자신에 만족하지 못해 이제 아름다운 여인으로 다시 태어나려는 걸까? 몸에 이는 비누거품을 보니 그런 생각이 든다. 잘 알려진 바와 같이 미의 여신이 전례를 보였듯, 미인은 거품 속에서 탄생한다. 이내 따뜻한 거품이 온몸을 감싼다.

비누칠을 마친 소녀가 대야를 들어 가슴과 어깨에 물을 들이붓는다. 행동이 아까와는 달리 대범하고 거리낌이 없다.

청강수로 청동의 녹을 제거할 때와 같은 푸르스름한 김이 온몸에서 일시에 피어오른다. 초등학교 다닐 때 땜장이가 때울 곳 주변에 앉은 녹과 때를 청강수로 제거하는 과정을 지켜본 적이 있다. 그때처럼 쇠 냄새가 나면서 불순물이 연소되는 소리가 들리는 것도 같다. 대야의 물만으로는 부족한지 소녀는 샤워 물뿌리개를 들어 머리부터 물을 빠르게 흩뿌린다. 잦아들던 김이 젖은 머리와 몸에서 다시 피어오른다.

결정적인 순간을 예비하듯 갑자기 침묵이 엄습한다.

지극한 고요함 속에서 김이 걷히며 소녀의 전모가 드러난다. 소녀는 어슴푸레하고 무질서한 주변 세계를 역학적으로 통합하여 마치 허물을 벗듯, 일상의 녹을 떨어내고 발생의 순전한 개체성으로, 그 눈부신 절대성으로 도래한다. 자신의 내재성을, 다시 말해 내부의 어둠을 빛으로 변환하여 일시에 방사하면서 새롭게 탄생한다. 놀라운 존재사건 속에서 드러난 황금빛 나신! 관욕灌浴을 막 마치고 나온 청동 신상 같다.

그 빛은 나의 수용성을 초과하는 방식으로 나의 이해의 지평을 열어젖히며 단번에 나를 압도해버린다. 숨을 내쉴 수가 없다. 나는 몸을 부르르 떤다. 순간 직감으로 알 것 같다. 보는 이가 자신을 충분히 개방하고 나타남을 환영할 만반의 준비가 되어 있으면, 일상에서 모든 사물이나 사람은 성스러움을 간직한 채 계시로 다가온다는 사실을. 소녀가 방사하는 빛은 감당할 수 없는 의미의 범람, 계시다.

나는 일상에서 드물게 찾아오는 경이로운 순간을 맞아, 아르테미스 여신의 나신을 훔쳐보는 악타이온처럼, 넋을 잃고 꿈꾸듯 소녀를 바라본다.

글, 드로잉 그리고 사진

글로 어떤 대상을 소묘하는 일은, 자주 거론된 바와 같이, 드로잉과 비슷한 면이 있다. 결과물을 놓고 보면 전혀 다른 것 같아도, 그 과정을 살펴보면 글과 드로잉은 사진과 달리 일시에 전체를 보여주지 못하기 때문이다. 이는 결과물가 나오기까지 드로잉하고 글을 쓰는 시간이 별도로 필요하다는 의미이기도 하다. 둘 모두는 선과 문장이라는 선분 단위로 작업한다는 공통점이 있다. 사진은 기계가 찰나적으로 포착한 이미지를 면의 단위로 현상한 것이지만, 글과 드로잉은 작가가 번역한 내용을 실 같은 낱낱의 선분에 담아 직조해놓은 것이다. 이는 선이나 문장에 직감, 망설임, 숙고, 판단, 결단 등 정신의 여러 차원이 반영되어 있음을 뜻한다. 그러니까 의식의 매개를 거쳐 나온 것이라는 말이다. 또한 글과 드로잉은 계백당흑計白當黑과 지백수흑知白守黑을 늘 염두에 둘 뿐 아니라, 중요하다고 생각하는 곳은 더욱 세밀하게 표현하게 마련이므로, 부분마다 거기에 들인 공력, 다시 말해 투입한 시간과 에너지의 밀도가 다르다. 하지만 사진은 카메라의 '어두운 방'에 들어온 빛을 셔터로 순간적으로 절단하여 그 단면을 보여주기에, 어느 부분이든 그 밀도가 고르고 균일하다. 사진은 번역이 아니라 인용이고 빛이 남긴 흔적이다. 다시 말해 빛의 기계적인 등록에서 나온다. 그러므로 사물이 "거기-있었다"를 대변하는 사진은 자신만의 감성적 언어를 갖지 않는다. 그러나 글과 드로잉은 전적으로 고유의 언어로 대상을 번역해놓은 의식의 산물이다. 사실 번역이야말로 어떤 것을 깊이 있게 이해하는 가장 좋은 방법이다. 그것은 두 언어, 두 텍스트, 두 영혼 사이에서 일어나는 참으로 아름답고 역동적인 대화이다. 서로 다른 세계에 있으면서도 동일한 꿈을 간직하려는 내밀한 열망이기도 하다.

우리는 글을 쓰면서 그리기도 배운다. 쓰기는 일차적으로 그리기 영역에 속한다고 볼 수 있다. 손으로 글을 쓰는 행위는 쓰기와 그리기 사이의 대립을 단 하나의 실천으로 해소한다. 하지만 쓰기에서 글자의 이미지, 곧 필체는 대상을 재현할 때 부수적인 것이다. 대상의 재현과는 무관하다. 요컨대 글과 드로잉은 서로 재현하는 방식과 언어가 다르다는 말이다. 무엇보다도 글은 상징 언어를 사용하고 드로잉은 선과 색, 명암과 같은 시각언어를 사용한다. 결국 최종적으로 글은 전체 모습을 상상력으로 그려보게 하지만, 드로잉은 직접 눈으로 확인하게 한다.

누드 드로잉

누드 드로잉은 대단히 수준 높은 기예를 요구한다. 훌륭한 화가들이 남긴 작품을 보면 선의 흐름이 보통 사람들의 그것과는 전혀 다름을 알 수 있다. 선 안에는 오랜 경험으로 터득한 필筆의 속도, 필압筆壓, 유연성, 리듬감, 열고 닫고 맺고 푸는 결단, 굵기, 농담 등의 제반 요소들이 최적의 상태로 반영되어 있다. 이는 단순한 손동작만으로는 이뤄지지 않는다. 몽상에 잠긴 손가락에 부드러운 손목관절, 헌신적인 팔, 믿음직한 어깨 그리고 안정된 자세가 지원해주지 않으면 결코 성취될 수 없다. 그뿐만이 아니다. 거기에는 감성을 옹호하는 화가의 풍요로운 정신과 사상까지도 녹아든다. 초보자는 오로지 손에만 의존해서 그리기에, 선이 딱딱하게 굳어 있고 그 흐름도 자연스럽지 못하다.

특히 누드 크로키는 득수응심得手應心한 자가 아니고서는 좋은 작품을 남길 수 없다. 꿈꾸는 손만이 매혹적인 크로키를 그릴 수 있다. 보들보들하고 달보드레한 살결, 탄력 있고 미끈한 근육, 단단함과 우직함을 암시하는 뼈, 부드럽고 우아한 실루엣 등의 물성을 온전히 담아내려면 그런 손이 반드시 필요하다. 그래서 크로키에서 선은 대상의 윤곽을 따라가지 않는다. 대상의 특징만 참조할 뿐 자신의 꿈길을 따라간다. 선에는 디오니소스적인 어떤 황홀한 도취가 배어 있다. 일탈과 과장이 빈번하게 끼어드는 것도 이 때문이다. 그렇지 않고 정확한 비례나 균형, 정밀함 등 광학적인 면만 지나치게 강조하면 외려 포르노에 가까워진다. 다시 강조하거니와 포르노는 오직 적나라한 공간만을 반영한다. 하지만 향기롭고 풍요로운 밤을 품은 드로잉은 꿈을 꾼다. 예술은 꿈이나 신비 또는 혼돈의 성분을 필요로 한다.

상선약수上善若水라는 말은 누드 크로키에서도 유효하다. 좋은 크로키일수록 선은 물처럼 부드럽고 리드미컬하게 흘러간다. 다양한 표정으로 유려하게 흘러가는 멜로디를 닮았다. 밝은 곳은 빠르고 얕게 흘러가고, 팔꿈치처럼 뼈가 돌출한 부위나 지면과 맞닿은 어두운 곳은 느리고 깊게 흘러간다. 완성되고 나서도 선들은 백지 위에 가만히 머물러 있지 않는다. 부단히 아른거리며 출렁거린다. 크로키에서 우리가 보는 것은 화석화된 죽은 선들이 아니라 움직임 그 자체이다. 선들이 끊임없이 춤을 춘다. 크로키는 직접화법을 사용하지 않는다. 완곡한 간접화법으로 이렇게 말한다.

여길 봐. 출렁거리는 물속에 달을 담아 놓았어. 움직이는 물결만 보지 말고 그 안에 담긴 온달을 보라고. 변화하는 현상 속에 변하지 않는 것, 영원한 것을 도출해봐.

이를 좀더 멀리까지 밀고 나가면 우리는 다음과 같은 크로키의 진정한 의의에 도달하게 된다.

세상은 쉬이 변하니, 사람아, 순수한 것, 덧없는 것은 차라리 꿈에다 보관하자. 그래야 비로소 안심이 된다. 그리고 영원한 것, 변하는 않는 것은 우리가 사는 세상에다 보관하자구나.

크로키, 저울 위의 나부

중년의 나부가 물기에 젖은 몸으로 저울에 오른다. 오래 지켜보지 않아 단언할 수 없지만, 냉탕과 열탕을 오가며 땀을 충분히 빼고 왔을 것이다. 그렇지 않으면 목욕을 끝내고 나가려는 참이거나.

어깨통이 조금 넓어 보이는 그녀의 몸매는 탄력은 있으나 그다지 매력적이지 않다. 뱃살이 두껍고 허벅지에도 살이 많이 붙어 있다. 몸무게에 신경 쓰는 이유를 알 것도 같다.

체중이란 무엇인가? 무엇보다도 그것은 살이 어떻게 신체에 배분되어 있는지를 암시해주는 미학적 지수가 아닌

가. 어디 그뿐인가? 그것은 또한 우리 모두가 예외 없이 지구의 중심에 묶여 있다는, 다시 말해 중력을 벗어날 수 없다는 사실을 환기해주는 존재론적 지표이기도 하다. 그러고 보면 우린 이 행성에서, 아름다움을 추구하며 삶의 동근원적인 무게를 감당하며 산다.

그녀가 올라선 저울은 그다지 크지 않다. 오직 두 발만, 곧 한 사람만 오를 수 있는 사각의 눈금저울이다. 출입문과 냉탕 사이의 벽 앞에 놓여 있다.

전구를 보호하는 천장의 젖빛 방수유리에 물방울 많이 맺혀서인지, 목욕탕 안은 부드러운 빛으로 가득하다. 그녀의 몸도 온화하고 감미로운 빛에 흠뻑 젖어 빛난다.

온탕과 열탕에서는 끊임없이 엷은 김이 피어오른다.

사실 저울에 오르는 행위는 세계와 삶의 중심에 드는 신성한 의식에 다름이 아니다. 그래서 가능한 정결한 몸으로, 그러니까 실오라기 하나 걸치지 않은 맨발로 들어서는 게 권장된다. '네가 서 있는 곳은 거룩한 땅이니 신발을 벗으라.' 이는 저울 위에서도 유효하다.

우린 역경에 처할 때마다 로댕의 「생각하는 사람」처럼 골똘히 생각에 잠긴다. 다시 말해 저울에 앉아 삶의 무게를 가늠한다. 심사숙고하는 것은 '무게를 헤아리는(weigh, ponder)' 행위다. 결국 생각을 따라가다 보면 예외 없이 두 가지 본질적인 물음에 직면한다. '어떻게 살 것인가?' 하는 수평적인 물음과, '나의 존재는 무거운가, 가벼운가?' 하는 수직적인 물음이 그것이다. 누구도 이 두 질문을 피해갈 수 없다. 저울은 이런 수평적인 물음과 수직적인 물음이 교차하는 지점, 곧 삶의 중심에 놓여 있다. 저울은 또한 세계의 중심에 놓여 있기도 하다. 옴파로스Omphalos는 델피 신전에만 있는 게 아니다. 둥근 지구 위에서 중심은 어디든 될 수 있다. 고집불통인 저울이 자위를 틀고 앉은 자리, 다시 말해 코기토의 자리가 바로 옴파로스이다.

누구나 그렇듯 저울에 올라서기까지 그녀도 자주 길을 잃었으리라. 자신의 운명에 대해 무지했기 때문에. 그녀인들 무슨 수로 자신의 운명을 알겠는가. 운명이 가야 할 길 앞에 이미 놓여 있는지, 아니면 기척도 없이 늘 동행하는지, 그것도 아니면 뒤따라오면서 나중에 구성되는지 어찌 알겠는가. 그녀는 순진하게도 도피가 불가능한 삶 속에서만 있었을 뿐이다. 때로 안개 속을 헤매는 기분이 들기도 했을 것이다. 물론 주도면밀하게 계획을 세워 삶을 자신의 통제 하에 두려고도 해보았겠지. 하지만 뜻대로 되지 않았으리라. 움켜쥔 순간 손아귀를 빠져나가버리는 게 삶이니까. 그렇다고 될 대로 되라는 식으로 살 수는 법, 그녀는 세상과 삶에 부대끼다가 감당할 수 없는 지경에 이르면, 자신에게 돌아왔으리라. 그리고 저울이란 성소에 들어 생각에 잠겼으리라.

저울에 올라보면 안다. 자신이 짐이라는 걸, 그것도 평생을 책임져야 할. 어쩌면 릴케의 말마따나 "삶은 모든 사물의 무게보다 더 무거운 것"인지도 모른다.

그녀는 먼저 자신의 살과 뼈를 저울 위에 올려놓는다. 이어서 곱게 간직한 꿈, 영광, 기쁨, 행복, 성공, 희망 등을 꺼내놓는다. 하지만 그녀의 삶은 그런 빛나는 재료로만 이루어져 있지 않다. 불운, 좌절, 실패, 상처, 눈물, 한숨, 죄의식, 외로움, 고독, 절망, 분노 등도 거기에 더한다. 사소하고 하찮은 일상도, 지나온 풍경과 바람과 구름과 별도 올려놓는다. 그뿐 아니다. 이미 실현된 것은 물론, 아직 실현되지 않는 것, 곧 자신의 가능성과 잠재성까지도 올려놓는다. 그리고 마지막으로 영혼마저도 올려놓는다. 자신의 전부를 올려놓는다.

인류의 오랜 믿음에 따르면 영혼은 하늘에 속하고 몸은 대지에 속한다. 신은 인간의 몸에 영혼이라는 신성한 씨앗을 묻어두었다. 그러므로 누구든 삶이라는 존재의 모험 속에서도 이 신성한 씨앗을 보호하고 가꿀 의무가 있다. 이는 우리 모두가 하늘과 땅 두 방향의 인력을 받고 있음을 의미한다. '중력重力'과 공중 들림과 관련이 있는 상승력, 곧 '경력輕力'이 그것이다. 그러므로 저울 위에 선 자는, 온전히 자신이 감당해야 할 삶과 육체의 무게뿐 아니라, 영혼의 공중 들림 정도도 동시에 확인해야 한다. 존재의 무거움에 내재한 가벼움도 가늠해야 한다. 이 '경력'이 없다면 소크라테스가 만티네이아의 무녀 디오티마에게 들었다는 사랑의 사다리는 상상할 수도 없을 것이다. 처음에는 육체적인 것으로 시작하여 점점 정신적인 것으로 나아가, 마침내 완전히 신성에 합일된다는 사랑의 사다리 말이다. 그렇다. 우린 지상에서 살면서 중력만 함께 나누는 자들이 아니다. 신성도 함께 나누는 자들이다. 깊이는 물론 높이도 함께 가늠하는 자들이다.

한 손으로 유방을 가리고 저울 위에 서 있는 그녀의 모습이 보티첼리의 「비너스의 탄생」을 보는 듯하다. 때마침 제

피로스가 그녀를 위해 제비꽃 향기가 섞인 미풍을 보내준 것일까? 그녀의 머리카락이 살짝 들썩이며 나부끼는 인상을 받는다.

무게가 없다면 그녀는 가련한 허깨비, 또는 그림자에 지나지 않을 것이다. 하지만 살과 피와 영혼으로 이루어진 그녀는 결코 그런 덧없는 허상이 아니다.

저울 위에서 그녀가 진지한 표정으로 눈금을 확인한다. 그리고 잠시 생각에 잠긴다. 나는 어떻게 살 것인가? 나는 가벼운가, 무거운가?

애달픔에 대하여

글을 쓰다보면 이상하게 마음에 끌리는 단어들이 있다. 사람마다 다르겠지만 나의 경우 20개쯤 되는 것 같다. 그 중 하나를 소개하라면 '애달프다'를 들겠다. 왠지 이 단어에는 진짜 삶이 담겨 있는 느낌이 든다. 삶의 질감을 이보다 고스란히 드러낸 말이 또 있을까?

'애달프다'라는 말에는 힘들었던 지난 세월이 오롯이 배어 있다. 슬픔, 이별, 외로움, 회한, 고통, 절망……. 그렇다고 그런 아픔들이 모나게 돌출되어 따끔하게 찌르지는 않는다. 시간에 숨이 죽고 발효되어서인지 그저 은은하게 내비치는 정도다. '애달프다'에는 먼 곳을 향한 그리움 같은 막연한 슬픔이 어려 있다.

그렇다고 어둡고 우울한 정조만 드러내지는 않는다. 달콤하면서도 슬픈 고통, 그러니까 산다는 고통뿐 아니라, 이를 극복한 자의 소박한 자부심도 들어 있다. 애달픔이야말로 신산의 세월을 건너온 자의 가슴에 달아주는 일종의 훈장이 아닐까? 젊은이에게 어울리지 않는 건 이 때문이리라.

이 말은 또 디지털보다는 아날로그 감성과 어울린다. 그래서인지 삶의 그늘을 읽는 애정 어린 눈길에만 모습을 드러낸다. 분초를 다투는 분주한 곳에는 좀처럼 나타나지 않는다. 도시에서 애달픔을 느낄 기회가 적은 것도 이 때문이리라. 나 역시 극히 드물게 경험하는데, 이상하게 들리겠지만 그것도 참기름을 통해서다.

명절이 다가오면 본가에 내려간다. 어느 가정이나 그렇듯 올라올 때면 노모는 어김없이 참기름을 챙겨주신다. 때로 비좁은 가방에 넣기도 마땅찮아서, "다음에 가져갈게요." 해도, 이게 빠지면 큰일 나는 줄 안다. 참기름은 두 홉들이 소주병에 담아야 제격이다. 가는 도중에 새지 말라고, 병을 신문지로 두른 다음 그 위에 비닐봉지로 한 번 더 감싼다. 노모는 일제시대와 6.25 그리고 산업화 시대를 숨 가쁘게 건너오셨다. 자식들을 키워내느라 힘에 부친 일도 마다하지 않으셨다. 다른 건 몰라도 노모가 챙겨주는 이 참기름만은 도무지 거절할 수가 없다. 사실 정을 담아 보내는 데는 참기름만한 것도 없다. "올라갈게요." 하고 인사를 드리면, 아파트 현관 앞까지 나온 노모는, "며칠 더 쉬었다 가면 좋겠구먼." 하고 아쉬워한다. 몇 발짝 걸어가다 뒤돌아보면, 그제야 살펴가라는 손짓을 하며 어렵게 노구를 돌리신다.

경황없이 바쁘게 올라와 짐을 풀고 나서야 참기름을 발견할 때도 있다. 박스나 가방을 열어보면 한쪽에 어김없이 그게 끼워져 있다. 비닐봉지와 신문지를 벗겨내면, 다갈색의 끈끈한 액체가 담긴 푸른 소주병이 드러난다. 이상하게도 그 병을 들고 있으면 형언하기 어려운 감정이 밀려든다. 필경 그 병에서 느껴지는 삶의 애달픔 때문이리라. 때로 노모의 아련한 음성이 들리기도 한다. "지금 생각하면 그 세월을 어떻게 살았는지 모르겠어. 그래도 지나고 나니 다 추억이 되더라."

왜 우린 유난히 고소한 향에 열광하는 걸까? 사실 참기름이 안 들어가는 요리는 찾아보기 어렵다. 모두가 무겁고 진한 이 향을 좋아하는 것은, 그게 몸과 마음, 더 나아가 영혼까지 진득하게 감싸주는 삶의 베이스노트Base Note이기 때문은 아닐까?

내가 사는 아파트 단지 뒤로 6차선 도로가 지난다. 횡단 보도를 건너 아파트 입구에 이르니, 오늘도 이팝나무 아래 예의 할머니가 앉아 있다. 조금 오랜만에 나온 것 같다. 이곳에서 멀지 않은 곳에 넓은 들이 있는데, 그 접경 지역에 사는 분으로 안다. 할머니 앞에는 으레 고추, 애호박, 쪽파, 토란, 깻잎, 호박잎 등속이 놓여 있다. 가을에는 녹두, 햇밤, 대추도 보인다. 오늘은 시골된장, 참기름 세 병, 얼갈이배추 몇 단추와 상추를 가지고 나왔다.

주말에는 모든 소음의 강도가 평소보다 반 옥타브쯤 낮아지는 것 같다. 바람이 불 때마다 텅 빈 벤치에 앙상한 이 팝나무 그림자가 어른거린다. 바로 옆에 벤치가 있는데도 할머니는 그곳에 앉는 법이 없다. 언제나 한 발짝 떨어져 화단 갓돌에 앉아 있을 뿐이다. 오늘따라 할머니의 얼굴에 드리워진 그늘이 깊어 보인다.

바람이 차다. 길을 건너온 발걸음들이 무심히 지나친다. 나 역시 마찬가지다. 하지만 멀어지면서도 참기름과 된장을 앞에 두고 쓸쓸히 앉아 있는 할머니의 모습을 떨쳐버리지 못한다.

삶이란 그런 것일까? 굽이굽이 흘러간 서러운 강을 뒤에 두고 애달프게 저물어 가는 것. 결국 외면하지 못하고 벚나무가 늘어서 있는 아파트 화단에 이르러 할머니를 건너다보고야 만다.

한 아주머니가 손가락으로 참기름을 가리키며 가격을 묻고 있다. 비둘기 네 마리가 날개를 접으며 그 주위에 조용히 내려앉는다.

이발소에서

이발소보다 더 편안한 곳은 찾기도 쉽지 않을 것이다.

나의 애마인 자전거는 두 달에 한 번쯤 그곳에 가자고 보챈다. 내가 미장원에 출입하는 것을 마뜩잖게 여기더니, 몇 해 전부터는 고삐를 그쪽으로 당겨도 못 들은 척 시치미를 뚝 뗀다. 하긴 그즈음 나도 미장원에 가는 게 싫어졌다. 내 나이에 걸맞지 않은 곳일 뿐더러, 젊은 미용사의 옷자락이 팔에 스치는 것도 신경이 쓰이고, 공기에 떠도는 화장품 냄새도 역겨웠다.

이발소에는 나른하게 취하게 하는 무언가가 있다. 이스트로 잘 발효된 술빵처럼 약간 시큼한 냄새가 떠돈다. 땀에 젖은 산모의 젖무덤에서 나는 냄새와 비슷하다. 그래서인지 그곳에 들어서면 모든 긴장이 일시에 풀려버린다. 면도를 해주는 나이든 여인도 시선을 잡아끄는 일도 없고, 설혹 그녀의 옷자락이 팔에 스친다고 할지라도 예민하게 굴 필요도 없다.

보통 아침나절 10시경에 이발하는 터라 내 뒤에 오는 손님이 많다. 그들은 으레 대기하면서 소파 앞 탁자 위에 놓인 신문을 뒤적인다. 티비에서 끊임없이 뉴스가 흘러나오는데, 어떤 이는 듣다가 이따금 불편한 심기를 감추지 못하고 거칠게 신문을 넘긴다. 탈도 많고 말썽도 많은 정치가 성에 차지 않아, 자신이 직접 영향력을 행사하고픈, 나름의 확고한 견해와 의견이 있다는 태도다. 이발사 아저씨는 또 어떤가. 세상만사 모든 일에 관여하면서 시시콜콜한 이야기를 끊임없이 주워섬긴다. 다행히 아저씨는 천성적으로 온건파다. 그래서 극단적인 진보주의자나 보수주의자인 손님이 나타나도 격앙된 언쟁에까지 이르는 법이 없다. 언제든지 "그럼요" 또는 "당연히 그래야지요" 하고 맞장구칠 준비가 되어 있으니까. 사실 아저씨가 지껄이는 말에는 손님에 대한 무관심이 짙게 깔려 있다. 손님의 기쁨이나 고통 또는 슬픔에 전혀 흥미가 없을 뿐더러, 어떤 주제를 놓고 이야기한다고 할지라도 설득하거나 충고할 의사가 전혀 없다. 그런 무관심이 외려 손님들을 편안하게 하고 그곳을 친밀한 공간으로 변모시킨다.

아저씨는 내가 미리 알려주지 않아도 귀가 드러나게 뒷머리를 짧게 친다. 그러고 보면 나도 이곳 단골인 모양이다. 고맙게도 특별히 나의 취향까지 감안해준다. 어떻게 내가 추억을 끌어안고 살면서, 힘들 때면 그것을 반추하며 삶의 위안으로 삼는다는 사실을 알았을까? 마무리 손질을 할 때면 옥수수 전분 가루가 담긴 플라스틱 통을 가져와, 그 안에 든 호빵보다 더 큰 분첩으로 흰 분말을 묻혀 내 머리에 바른다. 그렇게 하면 가위질 자국이 선명하게 드러나 다듬기가 한결 쉽단다. 그러니까 나를 80년대 의자에 앉혀 놓고 마음대로 요리하겠다는 심산이다. 아저씨의 이런 의뭉스러운 배려가 나는 무척 마음에 든다.

전분 가루를 바르고 나면 곧 귓전과 귓등에 맑은 금속성 잔 가위질 소리가 어지럽게 울려 퍼진다. 거기에 아저씨가 허공에 사심 없이 풀어놓는 이야기가 대위 선율로 깔리기 마련이다. 지난번에는 뜬금없이 나에게 이런 말을 했다.

"조만간 이발소를 닫아야겠어요. 애들도 다 컸으니 이제

쉴 때가 된 것 같아요. 차를 개조해서 그 안에 이발소를 차려놓고 집사람이랑 전국 방방곡곡 여행이나 다닐까 해요. 평생 살면서 고생만 했거든요. 여행 경비는 농촌에 들러 노인네들 머리를 싸게 깎아주고 마련하려고요. 어때요, 계획이 괜찮은가요?"

몸을 한쪽으로 살짝 기울여 내 귀 쪽에 대고 말했지만, 어떤 고상한 의견을 구하는 것이 아님을 느낌으로 알았다. 이미 그럴 맘을 먹고 묻는 것일 테니까.

"아, 멋진 계획이네요!"

고개만 끄덕여도 될 성싶었지만 큰소리로 맞장구를 쳐주었다. 이런 삶의 절창에 어찌 추임새를 넣지 않고 그냥 지나칠 수 있겠는가. 그러고 보면 나는 온건파라기보다 눈물이 헤픈 순정파에 가깝다.

이발이 끝나고 나면 언제나 기분이 상쾌하다. 짧게 자른 머리 주변과 귓불에 가볍게 바람이 스칠 때마다 산뜻한 기분이 든다. 자전거를 타고 돌아오는 길에 절로 휘파람이 나온다.

산사나이의 거울

자연에 묻혀 사는 사람들의 생활을 보여주는 TV 다큐멘터리 「나는 자연인이다」라는 프로를 즐겨 시청한다. 이 프로에 나오는 자연인들은 대부분은 세상에서 부침을 겪다가 좌절과 절망 안고 자연에 귀의한 자들이다.

이번 출연자도 역시 그랬다. 사업에 실패하고 가정도 풍비박산 난, 50대 후반의 서울 태생의 남자다. 히말라야에 오른 적이 있고, 한때는 산악구조대원으로 활동하기도 한 산악인이다. 40대 초반에 산의 품에 안기게 되었다고 한다.

화면에 잡힌 웅장한 산세로 보아 그가 은둔한 곳은 오대산 어느 깊은 계곡쯤인 것 같다. 물론 나의 막연한 추측일 뿐이다. 아쉽게도 초기 방송 때와는 달리, 이들이 사는 곳에 대한 어떤 정보도 알려주지 않는다. 극성스러운 시청자들이 조언을 얻는답시고 그들이 사는 곳까지 찾아가, 그들의 견고한 고독과 내면의 평정을 깨뜨리기도 했던 모양이다.

매번 자연인과 장소만 바뀔 뿐 내용은 대동소이하다. 땔감을 마련하고, 밥을 지어 먹고, 거처를 보수하거나 새로 짓고, 작은 텃밭을 일구고, 버섯이나 약초를 채취하는 일들이 일상을 이룬다. 그도 그럴 것이 이 모두는 산골 생활에서 가장 기본이 되는 대체 불가능한 일들이기 때문이다. 그래도 자라온 환경과 이력이 자연인마다 달라서 빤한 이야기임에도 예상과 달리 잔잔한 감동을 준다.

이번 출연자는 겉모습에서 약간의 부조화가 느껴진다. 희끗희끗한 장발과 검은 구레나룻은 자연인답지만, 몸이 좀 뚱뚱한 편이어서 문화 혜택을 많이 받고 사는 도시인처럼 보이기도 한다.

깊은 밤, 그는 잠들기 전에 앉은키 높이에 작은 거울을 걸어두고, 그 앞에 앉아 그만의 엄숙한 의식을 치른다. 먼저 거울 속의 자신을 들여다보며 엷은 미소를 짓는다. 그리고 두 손을 맞잡고 잠깐 호흡을 가다듬는다. 마음의 준비를 하는 듯 보인다. 이어 세수하듯 자신의 얼굴을 정성스레 두 손으로 문지르고, 고개를 좌우로 돌려가며 옆모습을 꼼꼼하게 살핀다. 머리와 얼굴을 단정하게 매만지고 나서야 비로소 자세를 바로잡는다. 표정이 전혀 딴판으로 변해 있다. 천진난만한 얼굴에 온화함과 고요함이라는 재료가 가미되자 광채가 어른거린다.

시청자들이 궁금해하지 않도록 곧 자신의 행위를 해명한다. 아니, 내가 조금 앞서갔다. 해명한 게 아니라 거울을 들여다보며 방백 하듯 중얼거린다.

"내 영정사진을 내가 지금 살아서 보고 있는 거지. 이런저런 생각도 하고 반성도 하면서." 그리고 잠시 사이를 두었다가 말을 잇는다. 여전히 입가에 미소를 머금은 채. "진짜 내면에 있는 나를 꺼내 놓고 진실하게 얘기를 나눠보는 거야."

그는 거울 속에 비친 상을 자신의 영정사진으로 여긴다. 그러니까 자신의 죽음과 대면하고 있는 것이다. 그는 결코 죽을 회피하거나 외면하지 않는다. 내면에 있는 진짜 자신을 꺼내놓고 대화를 주고받는다.

과거에서 얻을 수 있는 게 교훈이라면, 미래에서는 얻을 수 있는 것은 삶의 훈수가 아닐까? 파란만장한 과거에서 충분히 교훈을 얻었기에, 그에게 필요한 것은 죽음이 그에게 귀띔해주는 멋진 삶의 훈수인 듯 보인다.

다른 장면으로 바뀌기 전에 해설자의 차분한 내레이션이 이어진다.

"불운했던 그가 자연에서 되찾은 행복은 자연에서 산다고 거저 얻어지는 게 아니었습니다."

나는 고개를 끄덕인다. 그랬겠지. 세상을 등진다고, 다시 말해 몸뚱어리만 도시에서 산으로 옮겨 놓는다고 행복이 절로 찾아오는 것은 아니니까.

끝나고 나서도 채널을 쉽게 다른 데로 돌리지 못한다. 극적인 서사가 없었지만 묘하게 깊은 울림을 준다.

자정이 가까운 시간, 잠들기 전에 나도 거울을 들여다본다. 어떤 환상도 없이 똑바로.

거울 속에는 세상 사람들에게 나라는 인물의 표상으로 제공하는, 평생 내가 책임져야 하는 얼굴이 있다. 예전의 젊은이는 가고 없고, 갈수록 주름살만 늘어가는, 조금 슬퍼 보이는 한 남자만 남아 있다. 거울 속에서 그 남자가 거울 밖의 나를 물끄러미 바라본다. 이렇게 살아야만 하는지, 꼭 이렇게 살 수밖에 없는지 실망스럽다는 듯.